KB113815

Red Chronicle

레드 크로니클

FUSION FANTASTIC STORY

김현우 퓨전 판타지 소설

레드 크로니클 8권

김현우 퓨전 판타지 소설

초판 1쇄 찍은 날 § 2014년 5월 7일
초판 1쇄 펴낸 날 § 2014년 5월 14일

지은이 § 김현우
펴낸이 § 서경석

편집부장 § 권태완
편집책임 § 정수경

펴낸곳 § 도서출판 청어람
등록번호 § 제387-1999-000006호
등록일자 § 1999. 5. 31
어람번호 § 제1-1822호

주소 § 경기도 부천시 원미구 심곡2동 163-2 서경B/D 3F (우) 420-822
전화 § 032-656-4452팩스 § 032-656-4453
http://www.chungeoram.com
E-mail § chungeorambook@daum.net

ⓒ 김현우, 2013

ISBN 979-11-5681-961-5 04810
ISBN 978-89-251-3523-6 (세트)

레드 크로니클

Red Chronicle

김현우 퓨전 판타지 소설

FUSION FANTASTIC STORY

도서출판 청람

CONTENTS

제1장
블랙 드래곤 카를레스

"블랙 드래곤의 힘을 받아들인 것이 무슨 차이가 있지?"

"내 안에서 쉼 없이 속삭이고 있다. 더 강한 힘을 주겠다고, 세계를 오시할 수 있는 힘을 손에 넣을 수 있다고 속삭인다."

"블랙 드래곤의 유혹이라……."

강력한 의지를 지닌 클레디오 백작이라면 충분히 견뎌낼 수 있는 유혹이었다. 강철 같은 그의 의지가 꺾인 것에는 필시 사정이 존재할 터였다.

"왜지?"

"카본 대공을 만난 적이 있나?"

"카본 대공만으로 힘의 유혹을 느끼지 않았을 텐데?"

"하브리스 공작도 있었다."

"그렇군."

그제야 상황이 어떻게 돌아가고 있는지 알아차린 티엘이 작게 고개를 끄덕였다.

카본 대공 혼자만의 힘으로 클레디오 백작을 상대하는 것은 벅찼을 터였다.

그 과정에서 하브리스 공작이 합류했다면 클레디오 백작 입장에서 쉽지 않은 대결이 이어졌을 확률이 높았다. 그 상황에서 가해지는 블랙 드래곤의 유혹은 치명적이다.

"제법이군."

"언젠가 굴복할 수밖에 없는 상황이었다. 지금 내가 할 수 있는 것은 없다. 그저 조언을 듣고 싶을 뿐."

티엘은 조용히 고개를 저었다.

"블랙 드래곤의 힘을 바탕으로 검을 수련한 이상 그 힘을 지워내는 것은 불가능하다."

"불가능인가?"

"인간의 의지로 드래곤의 힘을 견뎌낸 것만으로도 칭찬할 만한 일이다. 하지만 그것뿐, 강렬한 욕망은 언젠가 힘의 근원을 건드리게 만들지."

"으음."

"방법은 두 가지다. 지금 이 상황에서 블랙 드래곤의 힘에 더 이상 침식되지 않는 것, 그리고 블랙 드래곤 하트의 힘 전체를 제거하는 것이다."

"힘의 제거라면……."

"모든 힘을 잃고 폐인이 되겠지."

예상했던 말이기에 클레디오 백작의 표정에는 변화가 없었다.

처음부터 알고 있던 방법이었지만 그것은 최후의 수단에 지나지 않았다.

입을 다물고 있던 클레디오 백작이 물었다.

"침식되지 않는다는 것은?"

"간단하다. 블랙 드래곤의 힘을 다스리기 위해 노력하는 거지. 더 큰 유혹이 따르겠지만 그것을 견뎌낼 수 있는 흔들리지 않는 의지가 필요하다."

"흔들리지 않는……."

"더 큰 힘을 얻을 수 있다는 사실이 언제나 머릿속에 맴돌겠지. 이전 같은 상황을 겪고 드래곤의 유혹을 뿌리칠 수 있는 확신이 있어야 한다."

"어려운 일이로군."

"어렵겠지. 하지만 지금은 이 방법밖에 없다는 걸 알고 있을 텐데?"

"……."

어느 것 하나 쉽지 않았다. 가장 확실한 것은 모든 힘을 내려놓는 것이지만 제국 최강으로 군림했던 클레디오 백작에게 있어 불가능한 일이었다.

그렇다고 초인적인 의지를 발휘하여 언제까지 블랙 드래곤의 침식을 견뎌낼 수 있을지 스스로 확신할 수 없었다.

잠시 그를 빤히 바라보던 티엘이 마지막 방안을 꺼내 들었다.

"다른 방법도 있다."

"뭐지?"

"블랙 드래곤을 불러내어 대화를 나누는 것이다."

"그것이 가능한가?"

"드래곤 하트를 흡수했지만 그 자체가 의지를 지니고 있다. 그 의지가 끊임없이 너에게 더 큰 힘을 가지라고 유혹을 하는 거지. 나는 그 의지를 태워 버릴 제스처를 취하면 된다. 위기감을 느낀 블랙 드래곤은 더 이상 실체를 감출 수 없을 테지."

"어려운 일이로군."

"자칫 죽을 수도 있다."

티엘은 내용에 더하지도 않고 덜하지도 않은 솔직한 사실을 털어놓았다. 그에 클레디오 백작은 아무 말도 할 수 없었다.

타인에게 목숨을 맡긴다는 사실은 그에게 있어 굉장히 낯선 일이다.

더군다나 티엘과는 친분 관계가 있다기보다 언젠가 뛰어넘어야 할 대상이었다.

그런 그를 믿고 일을 벌인다는 것은 여러 가지 복잡한 마음을 낳았다.

"하겠다."

"죽을 수도 있다."

"드래곤의 유혹을 견딜 의지가 없고, 모든 힘을 포기할 수도 없다. 욕심을 부리려면 그만한 리스크를 감수하는 수밖에."

블랙 드래곤의 유혹을 견뎌내느라 피폐해진 육체였지만 두 눈만큼은 형형한 빛을 발하고 있었다.

"제법 의지가 있군."

티엘이 피식 미소를 지었다.

대화를 나눈 뒤, 티엘은 클레디오 백작을 데리고 비밀 연무장으로 향했다.

"간단하다. 내가 발산하는 기세에 저항하지 않고 몸으로 받아들이면 된다."

"그것만 하면 되나?"

"아아, 모든 것을 맡기면 블랙 드래곤이 알아서 모습을 드러낼 것이다."

"그러지."

느릿하게 고개를 끄덕인 클레디오 백작이 몸을 축 늘어뜨리자, 티엘의 전신에서 기세가 조금씩 발산되기 시작했다.

무형으로 발산되며 주변의 대기를 어그러뜨리던 기세는 어느 순간 푸른색을 띠며 형체를 갖추기 시작했다. 마치 회오리가 치는 것처럼 나선형으로 휘몰아치던 기세는 조금씩 주변 지역을 장악해 나갔다.

"큭!"

접하는 것만으로 정신이 아득해졌지만 클레디오 백작은 어떠한 기세도 끌어 올리지 않았다.

오히려 두 눈으로 더 많은 것을 담기 위해 티엘을 바라보았다.

공간을 장악한 기세가 클레디오 백작의 전신을 파고드는 순간, 육체와 블랙 드래곤의 힘을 유리시키면서 강렬한 충격을 일으켰다.

콰과광!

"……!"

천둥이 전신을 강타하는 충격에 클레디오 백작의 몸이 거세게 떨렸다.

티엘은 그의 전신을 장악한 기세에 의지를 싣기 시작했다. 한순간 육체와 분리된 순수한 힘의 형태는 결정을 갖추며 티엘의 힘에 맞서려고 했다.

'모습을 드러내라.'

콰콰콰콰!

기세의 폭풍이 휘몰아치는 순간, 더 이상 공격을 허용하지 않은 힘의 결정체가 힘을 폭사시켰다.

"크으으!"

체내에서 벌어지는 격렬한 충돌을 고스란히 감내한 클레디오 백작은 신음을 흘렸다. 당장이라도 무너질 것처럼 위태로웠지만 그와 했던 대화를 떠올리면서 필사적으로 고통을 참아냈다.

진행되는 일련의 과정을 지켜보던 티엘이 피식 미소를 지었다.

"이 정도로는 안 된다는 건가."

자그마치 드래곤의 힘이다. 쉽게 실체를 드러내지 않을 것이라 생각했지만 생각보다 질긴 힘이었다. 눈을 빛낸 티엘이 가볍게 손을 휘젓자, 유형화된 기세가 한 자루의 검을 형성했다.

의지가 실린 검, 검사들이 전설로 여기는 마인드 소드였다.

초인의 의지가 집약된 마인드 소드는 이 세상 모든 것을 마음으로 베어버린다고 알려진 전설의 비기였다.

"마인드 소드라니……."

설마하니 그것을 목격할 줄 몰랐던 클레디오 백작의 두 눈이 찢어질 정도로 커졌다.

"드래곤도 아닌 일개 힘의 결정이 이걸 견뎌낼 수 있을까."

피식 웃은 티엘은 거침없이 마인드 소드로 클레디오 백작을 공격했다.

파스스!

찬란한 빛을 뿌린 마인드 소드는 어떠한 충돌도 일으키지 않고 체내로 파고들었다.

의지만으로 사람을 죽일 수 있다는 전설의 마인드 소드였지만 변화는 일어나지 않았다.

클레디오 백작의 얼굴에 의아함이 번져 나갈 때, 조소 섞인 티엘의 목소리가 울려 퍼졌다.

"짧은 순간 결정을 텔레포트 시켰다는 건가."

우우웅!

연무장을 가득 채우고 있던 그의 기세는 어느덧 밀려나 있었다. 그리고 연무장 한구석을 차지하고 있는 것은 칠흑 같은 기세였다. 그것은 맑고 진했으며, 전신을 짓누르는 공포를 담아냈다.

검은 기류는 마치 안개처럼 시야를 가리고 있었다. 그 광경을 묵묵히 바라보던 티엘이 질문을 던졌다.

"이름을 밝혀라."

[내 이름은 카를렌스. 위대한 어둠의 일족이다.]

육성이 아닌 의지가 귓속을 파고드는 듯했다. 동시에 검은 기류가 사방으로 폭사하더니, 주변 공간 전체를 짓누르기 시작했다.

콰우우우!

먹이사슬 정점에 자리한 포식자의 무시무시한 드래곤 피어가 공간 전체를 장악해 나갔다.

중간계에 존재하는 드래곤은 모든 생명체에게 있어 공포의 대상이었다.

티엘에게 있어 드래곤의 존재는 귀찮음의 대명사이며, 동시에 짊어진 의무에 비해 지나치게 강한 힘을 지닌 생명체였다.

일만 년이라는 시간을 살아가는 드래곤은 숨겨둔 속내를 모두 꿰뚫어보는 골치 아픈 생명체였다.

"인사가 사납군."

미간을 찌푸린 티엘이 기세를 일으키기 무섭게 유형화된

기세가 퍼져 나갔다. 그것은 공간을 장악하던 드래곤 피어에 정면으로 맞서 나갔다.

카가가가가각!

치열한 접전이 벌어지면서 서로를 공간의 저편으로 밀어내기 시작했다.

[제법이군, 인간.]

"내가 해야 할 말이 아닌가? 강림도 하지 않은 블랙 드래곤이 제법이다."

[호오, 나의 정체를 알고 있는가?]

"이런 지저분한 수법을 사용하는 드래곤은 블랙 드래곤밖에 없다는 걸 잘 알고 있지."

[흐으, 칭찬으로 듣도록 하지. 네놈은 오랜만에 보는 흥미진진한 인간이로구나.]

"숨어서 말하지 말고 모습을 드러내줬으면 좋겠는데. 이 자리에서 그 정도의 힘을 잃으면 마계에서의 입지가 흔들릴 텐데?"

[……]

폐부를 파고드는 그의 지적에 카를렌스는 입을 닫았다.

어떠한 연유인지 모르지만 티엘이 마계의 사정에 상상 이상으로 밝다는 것을 눈치챘다.

휘류루.

그때까지 대치하고 있던 드래곤 피어가 씻은 듯 사라졌다. 내색하지 않았지만 전신을 짓누르는 압박과 겨루고 있던 클레디오 백작의 몸이 허물어졌다.

"허억! 헉! 헉!"

콰우우우!

포효와 함께 검은 기류가 뭉치더니 드래곤의 형상을 갖추었다. 그 크기는 일반 드래곤보다 훨씬 작았다. 하지만 주변에 퍼져 나가는 기세는 평범한 이들이 감수할 수 있는 수준이 아니었다.

티엘은 조소를 지었다.

"그 정도 현신이 한계인가 보군."

[마계의 상황에 지나치게 밝군. 인간, 정체는?]

"네놈이 알 필요가 없다, 도마뱀."

[마계의 누구와 연관되어 있는 것이냐.]

신경을 긁는 말이지만 카를렌스는 목적에 충실했다. 놀라울 정도의 평정심에 티엘은 가볍게 감탄사를 흘리며 작은 힌트를 주었다.

"직접 겪어보았다고 말해주지."

공간검으로 열린 마계의 문으로 인해 마왕과 전투를 벌였던 티엘은 무수히 많은 마족과 마수를 상대한 경험이 있었다.

그중에는 블랙 드래곤도 존재했다. 하지만 눈앞의 카를렌스는 처음 듣는 이름이었다.

[그게 누구지?]

"거기까지 알 필요는 없다. 너는 내 요구를 듣고 수용할 것인지 소멸할 것인지 결정만 하면 된다."

[크흐, 인간 놈이 아주 기고만장해서 날뛰는구나.]

"내가 기고만장하는 건지, 현실을 말하는 건지 알고 싶나?"

[감히…….]

콰우우우!

시종일관 자존심을 건드리는 말에 분노한 카를렌스가 다시 한 번 드래곤 피어를 개방했다.

"크윽!"

클레디오 백작의 입에서 신음이 흘러나왔지만 티엘의 시선은 카를렌스에게 고정되어 있었다.

약 일 미터에 불과한 형태를 갖춘 카를렌스는 입을 쩍 벌리고 있었다. 그곳에는 검은 힘이 응축되어 빠르게 회전을 하며 크기를 키워 나가고 있었다.

드래곤의 전유물인 브레스였다.

그 위력은 도시 하나를 소멸시킬 수 있을 정도로 절대적이다.

파아앗!

사방으로 뿜어진 브레스는 티엘의 신형을 덮쳐 나갔다.

그럼에도 그는 아무런 움직임을 보이지 않았다.

오히려 입꼬리에 맺힌 미소가 더욱 짙어지고 있었다.

브레스가 막 전신을 덮치려는 순간, 벽에 막혀 버린 것처럼 더 이상 앞으로 나아가지 못했다.

그그그극!

마치 칼로 벽을 긁는 것처럼 거친 소리가 울려 퍼지면서 칠흑의 브레스는 전진하기 위한 움직임을 보였다.

티엘은 검을 들어 접근하지 못하는 브레스의 중심을 찍었다.

파앗!

마치 수증기처럼 허공에서 흩어지는 브레스.

"구현된 육체만큼 약하군."

[네, 네놈이…….]

카를렌스의 검은 눈동자가 거세게 흔들렸다.

드래곤의 권능인 브레스를 막아낸 신위는 이미 인간의 한계를 벗어난 초인이었다.

여기에서 더 충돌을 벌이면 손해를 보는 것은 자신이었다.

그 심정 변화를 눈치챈 티엘은 눈을 빛냈다.

드래곤의 족속은 늘 이래왔다.

자기만의 기준을 세우고 그에 부합하는 자들과 어울린다.

지독한 오만이었고 자신감이었지만, 최강의 생명체를 자부하는 그들에게 있어 당연한 일이었다.

처음부터 소멸시킬 수 있었지만 이렇게 대화의 장을 마련하기 위해서는 어쩔 수 없는 충돌이었다.

"이제 대화할 생각이 생겼군."

카를렌스의 침묵은 한참 동안 이어졌다.

기준에 부합하는 신위를 보였지만 드래곤의 자존심을 챙기려는 행태였다.

하지만 티엘도 끝까지 입을 열지 않았다. 느긋한 그와 달리 카를렌스는 자칫 잘못하면 자신이 중간계에서 소멸할 수 있다는 걸 알고 있었다.

[내게 원하는 것이 무엇이지?]

"알고 있을 텐데?"

[받아들일 수 없는 요구다.]

"그럴 테지, 이만한 숙주는 어디에도 없을 테니."

[알고 있군.]

서로의 의도를 꿰뚫고 있고, 요구하는 조건도 당연한 것이었다.

카를렌스는 뛰어난 숙주인 클레디오 백작을 버릴 생각은 어디에도 없었다. 그리고 티엘도 순순히 물러설 거란 생각은 하지 않았다.

"네게 선택권은 존재하지 않는다, 도마뱀."

[크크크! 잠깐의 우위를 점했다고 네 요구에 순순히 응할 거라 생각하나?]

"아직 자신의 위치가 어떤지 제대로 파악하지 못하고 있군."

[사. 라. 져. 라!]

동시에 분노가 실린 카를렌스의 용언이 터져 나왔다.

드래곤에게 주어진 절대적 권능 용언, 그것은 초월적인 존재가 발휘하는 의지가 하위 생명체에게 내리는 거부할 수 없는 명령이었다.

무형의 용언은 티엘의 전신을 휘감으면서 강렬한 압박을 가했다.

그 순간 티엘의 검이 허공을 갈랐다.

그것은 단숨에 용언을 갈라 버리고 카를렌스의 아바타를 향했다.

형태도, 기세도 존재하지 않는 검은 공간을 지배하며 앞으로 쏘아졌다.

서걱!

검이 육체를 가르는 소리가 들려오는 순간, 카를렌스의 아바타가 전신을 뒤틀면서 비명을 질렀다.

[크아아아아!]

슈우우!

검은 연기가 피어오르며 처절할 정도로 무시무시한 비명 소리가 주변을 울렸다.

클레디오 백작은 두 눈을 부릅뜬 채 바라보고 있었고, 티엘은 담담히 몸부림치는 카를렌스를 응시했다.

"이건 대체……."

"본체에 타격을 준 것뿐이다."

"본체에? 마계에 있다고 하지 않았나?"

"공간의 격을 무효로 되돌리는 검은 마계의 벽을 뛰어넘을 수 있지."

"……."

살짝 미소 짓는 그의 말에 듣고 있던 클레디오 백작의 눈이 거세게 흔들렸다.

마인드 소드에 이은 공간을 격하는 검, 격을 달리하는 검은 인간의 경기를 아득히 초월한 것이다.

[네놈! 네놈이 어떻게!]

고통에 몸부림치던 카를렌스가 분노에 찬 일갈을 터뜨렸다. 티엘은 개의치 않는 표정으로 가볍게 어깨를 으쓱해 보였다.

"오만을 부리기에 보여준 것이다. 본체에 타격을 받을 걸

안다면 더 이상 객기를 부리지 못하겠지."

[크으으.]

"내 조건은 간단하다. 허튼수작을 부리지 말고 조용히 마계로 돌아가는 것. 물론 드래곤 하트의 힘은 남겨주면 좋겠군."

[개수작 부리지 마라.]

"방금 전 경고로 부족했나? 그렇다면 좀 더 강한 걸 보여주는 게 좋겠군."

그 순간이었다.

티엘의 말이 떨어지기 무섭게 공간검이 공간을 갈랐다.

공간과 공간이 뒤틀리면서 단숨에 카를렌스의 아바타에 직격했다.

서걱!

날개가 꺾이고.

서걱! 서걱!

반대쪽 날개가 잘려 나간 뒤, 꼬리가 베어졌다.

[크우우우우!]

고통에 몸부림치면서 처절한 비명 소리가 울려 퍼졌다. 고통을 느낄 수 없는 아바타에게서 낼 수 있는 것이 아니었다.

"소멸하지는 않겠지만 대부분의 힘이 소실되겠지. 마계에서 힘을 잃은 블랙 드래곤이라, 어떤 상황일지 아주 재미가 있겠군."

[네놈! 네놈이!]

연신 분노를 터뜨리지만 티엘의 반응은 담담했다.

그가 검을 드는 순간, 카를렌스의 다급한 음성이 터져 나왔다.

[멈춰라! 요구를 들어주겠다.]

"늦었다."

슈악!

이번에는 검이 허공을 가르는 소리가 사방에 퍼져 나갔다. 그와 함께 기형적인 카를렌스의 아바타가 십여 갈래로 갈가리 찢겼다.

본신의 힘을 발휘할 수 없어 속절없이 당한 카를렌스의 원통한 음성이 티엘의 귓가를 파고들었다.

[크아아아! 본체! 본체였다면 네놈은!]

"드래곤의 긍지를 보여 달라고."

파사사.

가볍게 손가락을 튕기자, 갈가리 찢긴 아바타의 잔재가 흔적도 없이 자취를 감추었다.

카를렌스의 아바타를 제거한 이후, 클레디오 백작은 한동안 백작 가문에 머물면서 안 좋아진 몸 상태를 다스리는 데 집중했다.

약 한 달여가 지나자 좋지 않던 몸 상태가 본래대로 돌아올 수 있었다. 클레디오 백작은 도움을 준 티엘에게 진심으로 감사의 인사를 전했다.

"어떻게 감사의 인사를 해야 할지 모르겠군."

"드래곤의 의념은 당분간 사라졌을 뿐이다. 본체가 힘을 회복하면 다시 유혹을 해올 테지."

카를렌스는 티엘에 의해 본체까지 타격을 입으면서 당분간 클레디오 백작의 몸을 잠식하지 못하게 되었다.

그의 의지가 실린 기세를 접하면서 전신에 산재해 있던 드래곤 하트의 기운이 외부로 발산, 그 기운으로 만들어진 아바타가 티엘에 의해 소멸되었기에 클레디오 백작의 몸에 영향력을 행사하기에는 어려움이 따랐다.

하지만 그것도 시간 문제였다.

본체의 힘이 회복되면 다시 클레디오 백작의 몸을 노릴 것이다. 그때까지 그는 수양을 쌓고 드래곤의 유혹을 견딜 육체적인 단련을 거쳐야 했다.

"도움이 필요하면 언제든지 청하도록. 내 모든 힘을 다해 돕겠다."

다른 것을 떠나 클레디오 백작은 여전히 제국 최강이라는 칭호를 유지하고 있는 만큼 그의 도움은 요긴하게 활용될 여지가 많았다.

"나쁘지 않군, 기대하도록 하지."

"음!"

미소 짓는 티엘의 모습에 알 수 없는 불안함이 스멀스멀 피어오르는 클레디오 백작이었다.

티엘이 카를렌스의 아바타를 소멸시켰을 무렵, 마계에 있던 카를렌스의 본체 곳곳에서 피분수가 뿜어지기 시작했다.

피슛! 피슈슛!

[크으으으!]

무시무시한 고통이 전신을 휩쓸었다. 드래곤으로 태어나 에인션트에 이를 때까지 육체적인 고통을 느껴보지 못한 카를렌스는 전신에서 느껴지는 에이는 고통에 몸을 가늘게 떨었다.

[인간, 네놈이…….]

거센 분노가 휘몰아쳤지만 카를렌스가 할 수 있는 것은 없었다.

드래곤 하트의 힘을 이용한 아바타임에도 그의 검은 본체에 타격을 줄 정도로 강렬했다.

이는 자신이 지닌 영향력을 약화시키고, 한동안 몸을 추스르게 만들었다.

숙주로 삼은 인간은 흔들리지 않는 의지를 지닌 인간이다. 그를 꺾고 몸을 차지하기 위해서는 많은 시간을 필요로 했다.

집요한 유혹으로 의지를 한 풀 꺾는 데 성공했지만 시간을 줌으로써 더 많은 시간을 필요로 하게 되리라.

[다음에는 이렇게 되지 않을 것이다. 기다려라.]

카를렌스의 검은 눈동자가 강렬한 분노로 타오르고 있었다.

티엘이 좋아하지도 않는 클레디오 백작을 도운 이유는 여러 가지다.

첫 번째는 마계의 존재인 블랙 드래곤이 중간계에 강림하여 활개 치는 꼴을 보기 싫어서였다.

사전에 봉합할 수 있는 일을 괜한 변덕으로 피했다가 더 큰 귀찮음을 야기하기 싫었다.

두 번째는 클레디오 백작의 존재감이다.

블랙 드래곤에게 휘둘려 당분간 본신의 힘을 발휘하기 힘들지만 그동안 쌓아온 위명이라는 것은 적을 움츠러들게 만드는 힘을 지녔다.

이는 정치적으로 충분히 이용 가치가 있었다.

마지막은 단순한 변덕이다.

절대적인 존재감을 과시하던 그가 망가져 있는 모습을 보기 싫었다.

절대자의 추락이란 곧 자신의 모습과도 비교가 되었으니까.

클레디오 백작이 돌아간 뒤, 티엘은 곧장 군사부를 찾았다. 그리고 클리멘트 남작에게 그 사실을 알려주었다.

"앞으로 계획을 실행할 때 클레디오 백작을 이용할 방안도 강구하도록."

"클레디오 백작의 협력을 이끌어내신 겁니까?"

"그런 셈이지."

"구체적으로 어느 정도의 협력인지 알 수 있습니까?"

"글쎄? 본인 입으로는 힘이 될 수 있으면 언제든지 돕겠다고 했으니 적어도 회피하려 들지는 않겠지."

"그 정도라면……."

애매모호한 말이었다.

그것을 말하고 싶었지만 제국 최강이란 위명을 얻은 이의 말이라는 걸 상기하면서 입을 다물었다. 본인 스스로 그렇게 말을 했다면 무게는 결코 가볍지 않다.

"더 필요한 건 있나?"

"아닙니다, 그 정도면 충분할 것 같습니다."

"그럼 그렇게 알아두지."

클레디오 백작의 힘을 이끌어낸 건 자신이지만 그것을 활용하고 결과물을 만들어내는 것은 휘하 가신들의 몫이었다.

말을 전한 티엘은 집무실이 아닌 연무장으로 발걸음을 옮겼다.

그의 머릿속에 맴돌고 있는 것은 자신에게 앙심을 품었을 블랙 드래곤의 존재다.

먹이사슬 최상위에 군림하는 드래곤의 존재감은 국가를 벌벌 떨게 만들만큼 대단했다.

과거, 드래곤이 보인 위용을 떠올리니 근질거리는 몸을 주체하기 힘들었다.

그 희열, 그 스릴.

무지막지한 육체의 능력과 마법을 발휘하던 드래곤에게 목숨의 위협까지 당했던 티엘은 기분 좋은 미소를 지으며 검을 뽑아 들었다.

"블랙 드래곤의 힘은 제법 강하지. 다시 나타날 순간을 기다리고 있겠다."

클레디오 백작을 도울 때와 상반된 마음이었지만 오랜만에 등장한 강자의 존재는 그의 가슴을 걷잡을 수 없이 떨리게 만들었다.

제2장

복잡해지는 관계

"하아."

한숨을 푹 내쉰 로웰린은 걸음을 옮겼다. 정갈하게 관리된 정원은 보는 사람으로 하여금 마음을 편안하게 만들었지만 그녀의 마음은 깎여 나간 잡초처럼 복잡하게 뒤엉켜 있었다.

크레티아의 임신 소식이 전해진 지 한 달이 지났다. 그동안 가문 내의 모든 관심은 그녀에게 집중되었다고 해도 과언이 아니었다.

티엘은 중간에 방문한 클레디오 백작을 맞이하면서 발걸

음이 뜸해졌지만 그전까지 시간이 날 때면 크레티아를 찾고
는 했다.

그것은 그녀로 하여금 상대적인 박탈감을 느끼게 만들었
다.

"이게 옳지 않다는 건 알고 있지만."

로웰린은 자신이 느끼는 감정이 질투임을 잘 알고 있었다.
그렇기에 겉으로 드러낼 수 없었고, 혼자 끙끙 앓으면서 감정
을 삭이려고 했다.

하지만 그럴 때마다 가슴속에 자리한 감정은 점점 커져만
갔다.

크레티아에게 집중되는 관심과 애정 어린 시선을 볼 때면
그 감정은 마치 독버섯처럼 자라났다. 자칫 크레티아를 보는
눈이 달라질까 싶어 거처에 틀어박혀 감정을 다스리는 데 모
든 신경을 집중하고 있었다.

어느덧 그녀의 발걸음은 저택에 조성된 연못에 도달해 있
었다. 형형색색 아름다운 물고기가 꼬리를 흔들며 분주히 헤
엄치는 모습을 보며 상념에 빠져들었다.

'지금 내 감정이 옳은 걸까? 나도 그분의 아이를 갖고 싶었
는데. 아버지께서는 실망하실 것 같고. 나는 어떻게 해야 좋
을까.'

본인 스스로에 대한 실망감, 가문이 자신에게 거는 기대감,

크레티아에 대한 미안한 감정이 복잡하게 뒤엉켜 소용돌이쳤다. 차분한 연못의 물결을 보며 마음의 안정이 찾아왔지만 고민하는 것은 하나도 해결되지 않았다.

"안녕하세요, 언니?"

그녀의 정신을 일깨운 것은 뒤쪽에서 들려온 목소리 덕분이었다.

고개를 돌린 그녀의 눈에 미소 짓고 있는 카롤리나의 모습이 눈에 들어왔다.

"여기는 무슨 일이야?"

"그냥요, 언니와 이야기가 하고 싶어서요. 그런데 왜 아무도 대동하지 않으신 거예요?"

"혼자 있고 싶었어."

"그러시군요."

고개를 살짝 끄덕인 카롤리나는 의미심장한 미소를 지어 보였다.

그것이 무엇을 의미하는지 알 수 없어 살짝 불안한 마음이 들었지만 로웰린은 감정을 겉으로 드러내지 않았다.

"안으로 들어가서 얘기해도 될까요?"

"응."

산책을 한 지 한참 되었기에 로웰린은 순순히 수긍하며 앞장서서 카롤리나를 안내했다.

방 안까지 안내한 뒤, 차를 내오게 하여 카롤리나와 티타임을 가졌다.

한 모금 마신 카롤리나는 주변을 둘러보며 말문을 열었다.

"이곳의 분위기는 언제나 차분한 것 같아요. 주인과 비슷하다고 해야 할까요?"

"내가 차분하게 보였어?"

"네, 처음 보았을 때부터 흔들림 없는 모습을 보여주었으니까요."

"그랬구나."

로웰린 스스로 자신이 정숙하지 않다는 것쯤은 알고 있었다.

그런데 그녀가 이렇게 말해주니 입가에 쓴 미소가 지어지는 것은 어쩔 수 없었다.

'차분하지 않고 이렇게 질투에 휩싸여 마음을 다스리지도 못하고 있는데.'

단순히 보이는 모습만으로 판단하는 것 같아 약간 언짢으면서 한편으로는 자신의 감정을 들키지 않아 다행이란 생각이 들었다.

"그래서 말인데요. 요즘 언니는 너무 흔들리는 것 같아요."

"……."

"질투 나죠? 크레티아가요."

"내가 왜 질투를 하겠어. 오랫동안 후손이 없던 가문에 아이가 생겼으니 반길 만한 일이지."

"그러신가요? 그럼 저만 그런가 보네요. 저는 솔직히 질투가 나서 요즘 힘이 들거든요."

"…그러니?"

힘겹게 나온 그녀의 반문에 카롤리나는 담담히 고개를 끄덕였다.

"네, 솔직히 제가 얼마나 추한지 알고 있어요. 하지만 그런 생각이 드는 건 어쩔 수 없어요. 만약 제가 후작님을 먼저 만났다면, 하는 생각이 머릿속을 맴돌고 있으니까요."

"그렇구나."

"하지만 이미 크레티아는 임신했고, 질투를 해봤자 바뀌는 건 없죠. 그래서 감정을 털고 솔직하게 축하의 인사를 건네려고요."

"멋진 것 같아."

"그렇죠? 저는 언니의 솔직한 감정을 듣고 싶어요."

딸각.

찻잔을 내려놓은 카롤리나의 시선이 로웰린에게 향했다. 마치 속내를 꿰뚫어 보는 듯한 눈빛에 불편하기보다 후련함을 느꼈다.

예전이라면 자신의 감정을 파악하려 들기에 불안함을 느꼈을 것이다. 하지만 요 한 달여 동안 답답함을 느끼다 보니 감정을 공유할 수 있다는 점에서 마음이 한결 나아지는 것 같았다.

"나는… 맞아. 솔직히 질투의 감정이 들고 있어. 그래서 요즘 많이 힘들고."

"그럴 거라고 생각했어요. 그마저도 들지 않으면 언니는 정말 초인인 거예요."

"그럴까?"

"그럴까가 아니라 당연한 거예요. 크레티아의 임신은 어머님의 예쁨을 받을 뿐만 아니라 가문의 적통을 낳을 수 있는 절호의 찬스인 걸요. 만약 아들을 낳으면 우리는 찬밥 신세가 될 수 있죠."

"그런 말은 하지 마."

로웰린의 목소리에 노기가 섞였다. 크레티아의 임신 사실을 정치적으로 연결하면 질투는 끝이 보이지 않게 이어지게 마련이다.

그녀의 만류에도 불구하고 카롤리나는 싱긋 미소를 지어 보였다.

"언니가 솔직하게 감정을 드러내시니 저도 감정을 털어놓은 것뿐이에요. 이 부분까지 계산하는 제 모습에 경멸감이 드나요?"

"그런 건 아니야."

"오늘은 언니와 솔직하게 이야기를 하고 싶어서 찾아온 거예요. 저도 답답했거든요. 친구인 로즈에게 털어놓을 수 있는 것도 아니고요."

"응."

"언니는 그런 생각을 해보시지 않으셨나요?"

"안 했다면 거짓말이지만, 크레티아가 아들을 낳아도 축복하고 내 아들처럼 보살펴 줄 수 있어."

그것만큼은 진심이었다. 단지 여인으로서 먼저 아이를 갖지 못한 스스로에 대한 자괴감과 주변의 요소가 뒤섞여 질투를 했을 뿐이다.

"이래서 언니를 싫어할 수 없어요. 저는 솔직히 아직 마음의 준비가 필요해요. 이렇게 말하니 내가 너무 나쁜 여자 같네."

"오히려 솔직해서 멋져 보여."

"다른 분들은 그렇게 말해주지만 이것이 나중에는 제 발목을 잡게 되더라고요. 저는 언니의 말마따나 당당하려고 하지만 이런 면에서는 당당하기가 힘들어요. 그러니 자연히 힘들어지죠."

"뭐라고 해줄 말이 없어서 미안해."

"잘 이겨내고 있는 언니도 있는데 위로를 바라는 것도 우스운 일이에요. 그런 의미에서 이러는 건 어때요?"

"뭘?"

기발한 방안이 있는 듯한 모습에 로웰린이 두 눈을 빛냈다.

"후작님에게 찾아가 당당히 요구를 하는 거예요. 크레티아가 임신한 건 기쁘지만 우리는 섭섭하다고. 후작님에게 남자로서 능력을 보여달라고요."

"그, 그게 무슨 말이야."

얼굴을 붉힌 그녀가 세차게 손사래를 쳤다. 그 모습이 굉장히 귀여워서 카롤리나는 쿡쿡 웃음을 흘렸다.

"이미 결혼해서 볼 것 다 본 사이에 왜 그렇게 부끄러워하시는 거예요. 제가 제안하는 것은 우리가 느껴 버리는 감정을 후작님에게 떠넘기자는 거예요. 우리는 이렇게 고민하는데 아무렇지 않은 후작님을 보면 열 받을 때가 있지 않아요?"

"……."

없다고 하면 거짓이었다.

로웰린의 침묵이 무엇을 의미하는지 알아차린 카롤리나는 입꼬리를 말아 올렸다.

"그러니 요구하자는 거죠. 우리가 이렇게 기분이 좋지 않으니 데이트를 해달라고요."

"일이 바쁘시잖아."

"전혀 바쁘지 않아요. 언니도 아시면서. 후작님은 가문의 일을 가신들에게 다 맡겨놓으셨답니다. 매우 널널하시니 가끔 가서 데이트해 달라고 졸라도 상관없어요."

"음……."

카롤리나의 제안은 굉장히 매력적이었다. 로웰린은 어느덧 그녀의 제안에 마음이 기우는 것을 느끼면서 미간을 지그시 모았다.

"언니는 보조만 맞춰주시면 돼요. 계획을 실행하는 건 제가 될 테니까요. 안 그러면 우울해서 어떤 행동을 보일지 모른다고 하면 돼요."

"너무 억지 아닐까?"

"그러니 후작님도 움직이겠죠. 가끔 이렇게 어리광도 부려 줘야 여성의 매력을 느낄 수 있을 거예요."

"알았어, 나는 카롤리나의 계획에 따를게."

"멋진 생각이에요! 마음은 좀 풀리셨어요?"

싱긋 미소 짓는 그녀의 모습에 로웰린은 가슴속 가득 채우던 번민이 흐릿해진 것을 느낄 수 있었다. 그제야 그녀의 행동이 감정을 풀어주기 위한 노력이라는 걸 알아차릴 수 있었다.

자신보다 어린 나이임에도 상대의 고민을 꿰뚫어 보고 해결하는 능력.

동생이지만 그런 점이 참으로 대단하게 여겨졌다.

로웰린은 진심을 담아 고개를 숙여 보였다.

"그런 것 같아, 고마워."

"제가 해야 할 일을 했을 뿐이에요. 저는 언니와 좀 더 친하게 지내고 싶어요. 그러니 앞으로 편하게 대해주세요."

"그럴게, 카롤리나. 힘든 일이 있으면 날 불러줘."

"네! 종종 귀찮게 해드릴게요."

당당하기 그지없는 행동에 로웰린은 쿡 미소를 지을 수 있었다.

"이것 참."

연무장에서 수련을 마치고 온 티엘은 로웰린과 카롤리나가 찾아와 외롭다면서 한동안 일장연설하는 것을 그대로 듣고 있어야 했다.

얌전하기만 하던 그녀들의 깜찍한 반란에 한동안 어안이 벙벙하여 아무런 행동도 하지 못했다.

그러다 정신을 차리고는 마침 한가하던 실비아를 불러 자초지종을 물으니, 그녀는 한심함을 듬뿍 담아 티엘에게 전달했다.

"그런 건 당연한 거야, 오라버니."

"뭐가 당연하다는 거지?"

"로웰린 언니나 카롤리나가 그러는 게 당연하다는 거야."

"좀 더 자세한 설명이 필요한데."

"하아! 간단하게 말하면 둘은 크레티아의 임신 소식으로 인해서 여러 가지로 감정이 복잡할 거야. 크레티아는 임신을 했는데 자신들은 아직 아이를 갖지 못했으니까."

"……."

"으이구! 이 답답한 오라버니야!"

가슴을 탕탕 두드리며 답답함을 호소했지만 애당초 원인이 무엇인지 모르는 티엘로서는 다른 반응을 보일 수가 없었다.

원래부터 이런 사람이라는 것을 알았기에 실비아도 더 이상 이해를 바라고 있을 수 없었다.

한숨을 푹 내쉰 그녀가 차근차근 설명을 해주었다.

"크레티아의 임신 소식은 축복받을 만한 일이지만 이게 각각의 입장을 고려하면 그렇지가 않아. 오라버니는 후작가의 주인이잖아. 가문은 성장을 거듭해서 제국 제일을 넘볼 정도로 성장했어. 만약 크레티아가 아들을 낳으면 오라버니의 뒤를 이어 가문의 후계자가 될 확률이 높아. 오라버니의 아들이기도 하지만 아스트롱 공작가의 공녀인 크레티아의 아들이기도 해. 당연히 크레티아의 입지가 높아지고, 아스트롱 공작가의 입김이 강해질 수밖에 없어."

"그렇군."

"이걸 그렇군, 한마디로 때울 수 있는 사람은 오라버니밖에 없을 거야. 권력에 초탈하다는 건 알고 있지만 이건 정도가 너무 심하다고 생각하지 않아?"

"후계자를 낳고, 어느 정도 크면 언제든지 물려줄 생각을 하고 있다."

"그러니까! 이 정도로 성장한 가문을 홀가분하게 물려주겠다고 할 만한 사람은 오라버니밖에 없다는 거야. 어쨌든, 본론으로 돌아오면 크레티아의 입지가 이렇게 높아졌으니 로웰린 언니나 카롤리나는 상대적으로 박탈감을 느낄 수밖에 없다는 뜻이야. 그런 감정을 느끼지 못하게 하는 건 오라버니가 해야 할 일인데 처음부터 가능할 거라고 생각도 안 했고."

연신 한숨을 푹푹 내쉬는 모습에 완전히 이해는 되지 않았지만 한 가지는 분명했다.

"그럼 데이트를 해야 한다는 뜻이로군."

"당연하지! 오라버니가 남편이고 가주인 이상, 부인들의 불안함을 덜어줄 필요가 있어. 그러니 좀 더 애정 표현에 적극적이고 데이트도 자주 해줘야 한다고 생각해."

"알았다. 네 말을 따르지."

"오라버니가 갑자기 내 말을 잘 들어주니 좀 어색한데?"

"네 말이 옳다고 느꼈을 뿐이다."

"결혼하더니 오라버니가 좀 바뀐 것 같네. 좋은 방향인 것 같아 마음이 놓여."

예전이라면 이렇게 순순히 받아들이지 않던 티엘이었기에 실비아는 긍정적인 변화에 미소 지을 수 있었다.

"확실히……."

실비아의 말을 여러 번 곱씹어 본 티엘은 어느 정도 의미를 이해할 수 있었다.

임신 소식은 축하할 만한 일이지만 당사자가 아닌 이들은 상대적으로 박탈감을 느낄 수 있었다.

클레디오 백작의 방문과 드래곤의 존재가 잠시 그 사실을 잊게 했다는 것은 단순한 핑계에 지나지 않았다. 티엘은 자신의 무지함을 진지하게 반성하면서 좀 더 그녀들에게 잘해줄 것을 다짐했다.

그리고 곧장 두 여인에게 소식을 전해 그날 저녁, 바로 저택을 나섰다.

"그동안 내가 너무 무심했군, 사과하지."

"아니에요. 이렇게 같이 나온 것만으로도 기쁜 걸요."

로웰린은 진심이 담긴 미소를 지으며 대답했다. 카롤리나와 함께 심정을 전달했지만 그날 바로 반영해 주는 것만으로도 관심 받고 있다는 증거였다.

이에 질세라, 카롤리나도 말을 덧붙였다.

"저도요. 후작님이 신경을 써주는 것만으로도 기쁘답니다."

"그렇다니 다행이군."

단순히 밖으로 나와 운치 있는 곳에서 식사를 즐긴 것뿐이었지만 두 여인의 얼굴은 훨씬 밝아져 있었다.

평소에는 마시지 않던 와인까지 곁들이니 하얀 얼굴이 붉게 달아올라 있었다.

그 모습을 바라보던 티엘이 입을 열었다.

"한 가지만 말하지."

"네."

두 여인의 시선이 그에게 집중되었다.

"돌려서 말하는 걸 굉장히 싫어하니 단도직입적으로 얘기하면, 크레티아의 임신을 정치적으로 연결시키지 않았으면 좋겠다."

"……."

"남자는 나 혼자이기에 그랬을지 모르지만 아버지께서는 후계 다툼의 부담을 겪지 않게 해주셨지. 그 때문인지 몰라도 내 스스로 권력에 대한 욕심이 없다. 가까이서 지켜보았기에 어느 정도 알고 있겠지만. 물론 남들은 그렇게 생각하지 않는다는 것 정도는 알고 있다."

"그렇지 않아요. 후작님이 얼마나 권력에 초연한지 잘 알고 있는 걸요."

"저도요."

로웰린과 카롤리나가 앞다투어 말했다. 그녀들이 본 티엘은 세상에 더없는 소탈한 사람이었다. 남들이 욕심을 부릴 때 그는 오히려 가신들에게 권한을 부여하고 권력을 멀리하였다.

"누가 아이를 낳더라도 조건은 동등할 것이다. 좀 더 가문을 이끌기 적합한 아이를 후계자로 삼을 것이고, 다른 아이들이 각자의 영역에서 뜻을 펼칠 수 있게 조치를 할 것이다. 그러니 그 부분에 대해서는 복잡하게 생각하지 않았으면 한다."

"…그럴게요."

로웰린은 자신의 속내를 꿰뚫어 보는 듯하여 부끄러움을 느꼈다.

아직 태어나지도 않은 아이의 존재를 질투하고 시샘한 옹졸한 여인이 된 듯했다.

"그럼 열심히 아기를 만들어요."

"카, 카롤리나."

당돌한 그녀의 발언에 로웰린의 얼굴이 붉게 달아올랐다. 유부녀가 담기에도 너무나 음란한 단어였다.

"언니는 싫어요? 그럼 언니 몫까지 제가 노력할 수 있어요."

"그, 그건 아니야!"

"그렇죠?"

묘한 미소를 짓고 있는 카롤리나의 모습에 로웰린은 아차했지만 티엘의 앞이었기에 얼굴을 붉히며 작게 고개를 끄덕였다.

"…으응."

"그렇다네요!"

"이것 참."

활기찬 그녀의 목소리에 티엘은 멋쩍은 웃음을 지었다.

때때로 낯부끄러운 말을 아무렇지 않게 언급하는 모습은 상인 출신이라는 걸 실감하게 하였다.

즐거운 데이트가 끝난 뒤, 가문을 둘러싸고 있던 복잡한 기류는 어느 정도 가신 듯싶었다.

카롤리나와 마주한 로즈는 데이트 자리에 자신만 빠졌다는 것이 섭섭함을 느꼈지만 부인도 뭣도 아닌 자신이 낀다는 것도 우스운 일이기에 다른 말을 꺼내지 못했다.

하지만 다른 사안만큼은 예민하게 반응했다.

"그래서 너는 정말 그렇게 생각하는 거야?"

"당연하지."

"하아, 난 솔직히 널 이해하기 힘들어. 어떻게 그걸 그렇게 긍정적으로 받아 넘길 수 있어?"

"그럼 어쩔 수 있겠어."

"그래도! 좀 더 강하게 자신의 의견을 주장해야 하는 거 아니야?"

"뭐……."

카롤리나의 입가에 쓴웃음이 지어졌다.

가문의 분란을 만들지 않기 위해 로웰린을 설득에 나섰지만 정작 누구에게도 위로 받지 못한 당사자가 바로 카롤리나였다.

상인은 계산이 빠르다.

찰나의 순간 이익과 손해가 오가는 과정에서 빠른 결단력을 요구하고, 짧은 시간에 값을 계산하여 상대를 흔들고 기만하여 이익을 얻어낸다.

제국사대미녀로 이름이 높지만 체스너 상단의 간부인 그녀의 능력은 결코 얕지 않다.

이것은 즉, 크레티아가 임신했을 때 가문 내의 상황이 어떻게 돌아갈지 짧은 시간 안에 모든 것을 계산해 낼 수 있다는 걸 의미했다.

카롤리나가 좋은 마음을 가지고 있다고 하나 그것뿐, 그녀는 야망이 있고, 목표가 뚜렷하다.

그랬기에 지금의 상황을 마냥 긍정적으로 받아들일 수 없다는 것을 누구보다 잘 알고 있는 것이 바로 로즈였다.

"어떻게 하려고?"

"내가 할 수 있는 일이 뭐가 있겠어. 일단 가문에서 할 수 있는 일을 맡아서 할 생각이야."

"하긴. 그런데 넌 정말 로운 후작님을 좋아하는 거야?"

"물론이지. 여러 가지 계산이 있는 걸 부인하지 않지만 호감이 없으면 어떻게 결혼까지 해!"

버럭 소리 지르는 카롤리나의 모습에 찔끔한 로즈가 한 걸음 뒤로 물러났다.

"그, 그냥 해본 말이다, 뭐."

"너 요즘 수상해. 왜 자꾸 나랑 후작님의 관계를 이간질하려고 하는데?"

"아니거든?"

"그러고 보니 이곳까지 따라온 것도 뭔가 수상하고."

"으응?"

"아직까지 머물고 있는 것도 시절이 수상하다는 걸로 말하기에는 좀 그런데."

"아, 아니야! 네가 걱정되어서 그렇지."

"흐음."

눈을 가늘게 뜨는 카롤리나의 모습에 로즈는 식은땀을 뻘뻘 흘렸다.

아니라고 말을 하려고 해도 한 번 의문을 가진 그녀는 집요할 정도로 캐물으면서 자신의 호기심을 충족시키고는 했다.

단 한 번도 카롤리나의 마수에 벗어난 적이 없었던 로즈는 비장의 무기를 빼어 들었다.

몸을 가늘게 떤 그녀는 고개를 푹 숙였다.

"정말 너무해."

"왜, 왜 그래?"

"하나뿐인 친구가 걱정돼서 이곳까지 왔는데 이런 의심이나 받고……."

"로즈?"

"정말 너무해."

"미, 미안해!"

눈물을 글썽이는 친구의 모습에 당황한 카롤리나는 재빨리 사과했다.

잠시 몸을 가늘게 떨던 로즈는 고개를 끄덕였다.

"그러니 그런 말 하지 마, 서럽잖아."

"알았어, 미안해."

"그런데 정말 괜찮은 거지?"

"괜찮지 않으면?"

"난 괜찮아. 어차피 세 번째로 선택을 받았고, 내가 적통을 낳을 수 있을 거라 생각은 하지 않았으니까. 오히려 날 받아 주어서 다행이라고 생각하는걸."

난세가 닥친 제국의 상황에서 돈이 많은 체스너 상단은 다른 이들의 먹잇감으로 전락하기 충분했다. 카롤리나는 이 부분을 염려했고, 체스너 자작 또한 마찬가지였다. 하지만 티엘과 결혼식을 올린 뒤 그러한 염려는 말끔하게 털어낼 수 있었다.

제국 내에서 그를 건드릴 만한 담을 가진 이들은 없었다.

"그러니 나보다 너나 걱정해. 계속 여기에만 있을 거야?"

"황도에 가봤자 달라질 게 없을 건데, 뭘."

"그렇긴 하지만 언제까지 여기에 있을 수는 없잖아."

"…마치 날 쫓아내려는 것 같아서 기분이 나빠졌어."

"그, 그럴 리 있겠어? 네가 이곳에 머물면 난 오히려 좋지."

"정말이지?"

"정말이고말고."

눈을 가늘게 뜬 로즈를 보고 이번에는 카롤리나가 식은땀을 흘리며 변명했다.

"흐응, 알았어. 당분간 더 머물 생각이야. 다른 계획도 없고 이곳에서 외로울 널 위로해 주는 것도 좋으니."

"그래, 너무 고맙네."

"영혼이 담기지 않은 감사 인사지만 받아들이도록 할게.

감사히 여기도록 해."

"응."

도도한 친구의 자태에 카롤리나는 한숨을 푹 내쉬었다.

결혼을 하고, 크레티아가 아기를 갖게 되면서 티엘은 점점 자신의 삶이 바뀌어가는 것을 느꼈다.

예전이라면 가문의 업무를 처리하고 남는 시간에 수련에 임하는 평범한 일상의 반복이 이루어졌을 것이다.

하지만 결혼을 하고 가족이 생긴 뒤, 자신만의 시간을 갖는 것이 쉽지 않다는 것을 느낄 수 있었다.

혼자가 아닌 여럿이라는 것.

아직 가까이 가슴속에 와닿지 않는 말이지만 티엘에게 있어 그것은 묘한 파문을 일으키기에 부족함이 없었다.

"결혼 생활은 혼자 하는 게 아니란 건가."

크레티아의 임신, 그리고 다른 부인들이 느끼는 불안함.

정치에 관심도 없고, 부하들에게 모두 떠맡긴 사안이지만 무엇이 문제가 되고, 어떤 상황을 야기할 수 있는지 파악할 수 있었다.

그리고 내린 결론은 허튼 생각이라는 점이다.

열 길 물속은 알아도 한 사람의 마음을 알기 어려운 것처럼 크레티아의 임신이 가져오는 파장이 가문 내에 얼마나 큰 영향을 발휘할지 눈치를 챘다.

거기에서 끝이 나면 좋으련만 단순히 여인들의 질투에서 끝이 아니라 가신들의 이합집산이 벌어지고, 가문 내 권력 구도에 커다란 변동이 일어날 것이다.

내부의 잡음이 일어날 기미가 보이는 이상, 바로 행동으로 옮기는 것이 최선의 선택이었다.

티엘은 그답지 않게 불안함을 느낀 즉시, 발걸음을 옮겼다.

그의 목적지는 바로 군사부였다.

미리 명을 받고 모여든 그들은 자리에서 일어나 티엘을 맞이하였다.

"주군."

"일러둘 것이 있어 찾아왔다. 모두 자리에 앉도록."

티엘의 말에 세 명의 책사가 각자 자리에 앉았다. 잠시 그들을 둘러보다가 곧바로 용건을 꺼내 들었다.

"이곳에 찾아온 이유는 간단하다. 그동안 계획만 세워놓은 것을 대대적으로 수정하기 위함이다."

"수정이라 함은?"

제이론의 반문에 티엘은 짧게 대답했다.

"아이주 지방으로 군을 진군시키도록."

"예?"

질문을 한 제이론은 물론, 클리멘트 남작과 토릭슨 모두 놀란 표정을 지었다.

"평화로운 방법은 역량을 소모하지 않고 뜻한 바를 이룰 수 있게 하지만 더 이상 상황을 봐주는 것은 좋지 않게 느껴지는군. 바로 군을 파견하여 아이주 지방을 휘하에 두도록 하라."

"주군, 하오나……."

제이론이 반대의 의미를 담아 대답을 하려고 했지만 클리멘트 남작이 제지하고, 토릭슨은 재빨리 대답했다.

"예, 주군."

"내가 찾아온 용건은 그것이 끝이다. 좋은 결과를 기다리도록 하지."

그 말을 끝으로 자리에서 일어난 티엘이 군사부를 나섰다.

셋만 남은 공간에서 의견을 제지당한 제이론이 의아한 표정을 지었다.

"왜 막으신 겁니까?"

"그 상황에서 반대를 해봤자 좋을 것이 하나도 없었을 거네."

"클리멘트 남작님의 말씀이 맞다. 네가 반대했다면 좋은 말을 듣지 못했을 테지."

"…정치적인 문제입니까?"

그제야 단순히 아이주 지방 장악에 관련된 문제가 아니란 걸 눈치챈 제이론이었다.

토릭슨이 입가에 미소를 지었다.

"네가 생각하는 게 맞다. 아이주 지방 장악이 늦어지는 것도 있지만 주군께서는 내부에 일어날 잡음을 외부로 돌리려는 걸 테지."

"주군께서 거기까지 생각하실 줄 몰랐습니다."

"어리석은 분은 아니니. 오히려 직관력은 누구보다 뛰어나다고 보네."

클리멘트 남작의 말이었고, 토릭슨도 고개를 끄덕여 동의를 표했다.

"하긴. 그러니 싫다고 하는 사람도 끌어올 수 있겠지. 어쨌든 주군께서 어떤 의중을 갖고 계신지 알았으니 행동으로 옮기기 수월하겠군."

아이주 지방은 오래전부터 헤인조 지방의 영향력 아래에 들어왔다. 하지만 아직 로운 후작가에 온전히 충성을 바친다고 볼 수 없었는데, 그 이면에는 헤셀 백작가의 은밀한 방해가 함께하고 있었다.

그들도 무주공산인 아이주 지방을 노리고 있었기에 보이지 않는 장외대결이 치열하게 전개되고 있었다.

본격적으로 군을 움직이기에는 양측 모두 부담이 가는 사안인 만큼 직접 검을 빼 들지 못하고 있는 상황이었다.

윈스터 후작가, 레디븐 백작가와 맞대고 있는 헤셀 백작가와 달리 로운 후작가는 여태까지 의도적으로 군을 움직이지 않았다고 봐야 했다.

토릭슨은 그 사실이 다소 불만이었다.

아이주 지방을 차지하는 방안은 그의 머리에서 나온 계책이었고, 꾸준히 시행되면서 성과를 거두고 있었지만 불만족스러웠다.

그것을 단번에 해결할 수 있는 시간이 다가온 것이다.

"드디어 본격적으로 움직이겠군."

자신의 가문을 멸문시킨 헤셀 백작가를 향해 복수할 수 있다는 생각에 토릭슨은 환한 미소를 지었다.

군사부를 나선 티엘은 행정부로 걸음을 옮겼다. 그가 안으로 들어서자, 미리 와서 대기하고 있던 가스론 자작이 자리에서 일어나 예를 올렸다.

"주군을 뵈옵니다."

"오랜만이군, 가스론 자작."

"허허, 그렇습니다. 주군께서 이 노신을 믿어주시니 직접 뵐 기회가 좀처럼 생기지 않았던 것 같습니다."

"그럴지도. 오늘 찾아온 것은 그대에게 하고 싶은 말이 있어서다."

"하명하십시오, 주군."

"본가는 오랫동안 부패가 만연해 있었지. 그것은 가신들을 태만하게 만들었고, 나는 검을 뽑아 모조리 베어버렸다."

"기억하고 있습니다. 당시의 기억은 결코 잊을 수 없는 순간이었습니다."

가스론 자작의 입가에 미소가 지어졌다. 당시의 광경은 두 눈으로 보기 힘든 참혹하기 그지없는 광경이었으나 탐욕스럽던 돼지들을 무자비하게 베어버려 답답한 가슴을 뻥 뚫리게 만들어주었다.

"그리고 새로운 이들로 채워 넣었지만 여전히 문제는 발생했다."

"그 부분에 대해서는 변명의 여지가 없습니다."

"자작을 탓하려고 하는 것이 아니다. 과거에 있었던 일을 말하는 것뿐."

"……"

"지금도 시행착오를 겪고 있다고 생각한다. 아직 갈 길이 멀지."

"예, 주군."

"본론으로 돌아와, 내가 그대를 찾은 이유는 가문 내에 돌고 있는 불온한 기류 때문이다."

티엘의 말에 가스론 자작은 조용히 고개를 숙여 보였다. 티엘이 말하고자 하는 것이 무엇인지 그도 잘 알고 있었던 것이다.

"크레티아의 임신은 분명 축복받을 만한 사실이다. 하지만 나는 그것이 권력 구도의 변경으로 이어지는 것을 원하지 않는다."

"주군의 뜻이라면 따르겠습니다."

"철저한 단속을 하라는 뜻이다. 조만간 아이주 지방으로 군을 파견할 것이다. 그럼 분위기 전환이 되겠지. 그사이 가신들을 단속하도록."

"예."

크레티아가 임신함으로써 알게 모르게 가신들의 권력 추가 그녀에게 쏠리는 현상이 발생하고 있었다.

티엘이 세 명의 부인을 들임으로써 가신들은 각기 성향에 따라 파벌이 나뉘기 시작했는데 지금 가장 큰 덩치를 유지하고 있는 쪽이 바로 크레티아를 지지하는 가신 측이었다.

이는 일사분란하게 일이 해결되어야 할 가문에 내분을 야기할 수도 있는 일인 만큼 티엘의 조치는 절대 과한 것이 아니었다.

"앞으로도 부탁하지."

"이제 은퇴를 바라봐야 할 늙은이에게 너무 많은 짐을 안겨주는 것 같습니다."

"켄드와 티격태격하는 것 보면 아직 정정한 것 같은데 엄살이 심하군."

정곡을 찔린 가스론 자작의 입가에 이내 미소가 맺혔다.

"허허, 같이 늙어가는 친우가 있다는 사실에 가끔 나이를 잊을 뿐입니다."

"친우의 존재는 기쁜 일이지."

그렇게 말을 한 티엘은 잠시 멈칫했다. 과연 자신에게는 가스론 자작처럼 같이 늙어가는 친우가 있는가에 생각이 멈춘 것이다.

'없지.'

오로지 검에 미쳐 있는 인생이었기에 친구는 세월을 공유하는 동반자이기보다 귀찮은 짐 덩어리에 불과했다. 그 인식은 지금까지 바뀌지 않았다.

"보기 좋군. 어쨌든 부탁하지."

"염려 마십시오."

자신감 넘치는 가스론 자작의 모습에 티엘은 고개를 끄덕여 보였다.

가스론 자작에게 가신 단속을 일러둔 뒤, 티엘은 예고하지 않고 연무장으로 걸음을 옮겼다. 렉스터 남작에게 당하며 처참하게 바닥을 뒹굴고 있는 그윈의 모습에 눈에 들어왔다.

"으아아아!"

쾅!

푸른 오러가 살벌하게 빛을 뿌리며 연신 충돌을 일으켰다. 하지만 그 치열함은 오랫동안 이어지지 못한 채 그윈의 일방적인 열세로 이어졌다.

몇 번을 바닥에 뒹굴어도 자리에서 일어나 달려드는 그윈의 모습은 치열함 그 자체였다.

결국 대결은 지칠 대로 지친 그윈이 탈진하여 연무장에 엎어지면서 끝이 났다.

물끄러미 그 광경을 바라보던 티엘이 렉스터 남작에게 다가가 말했다.

"여전히 손속에 자비가 없군."

"저 녀석을 위한 길입니다."

"절대 질 수 없다는 투쟁심인가."

티엘의 말에 잠시 멈칫한 렉스터 남작은 이내 고개를 끄덕이며 수긍했다.

"처음에는 성장을 위한 대련이었지만 어느 순간 그렇게 바뀌었습니다."

"부하에게 패배하는 상관이 되고 싶지 않았겠지. 그 마음가짐도 더 높은 경지에 오르기 위해서 나쁘지 않지. 결국 향상심의 일종이니까."

시종일관 우세를 점하며 그윈을 무너뜨린 렉스터 남작이었지만 그도 나름대로 필사적이었다.

부하에게 밀릴 수 없다는 자존심.

올곧은 그에게 있어 달갑지 않은 마음이었지만 더 높은 경지로 나아가기 위한 조치 중 하나였다.

"좋게 봐주셔서 감사합니다."

"하지만 이대로 가다가는 오랫동안 우세가 이어지지 않을 것이다."

"…예."

"마블론처럼 수련을 해도 되는데 거절하는 이유가 있나."

"아직 제가 준비가 갖추어지지 않았다고 생각하기 때문입니다."

현재 렉스터 남작은 마블론과 함께 로운 후작가를 대표하는 두 개의 검으로 칭해지고 있다.

그 위명은 마블론이 더 높지만 렉스터 남작도 마스터의 칭호를 수여받을 만큼 뛰어난 실력자로 성장하여 추후 절대강자로 발돋움할 수 있는 역량을 갈고 닦고 있다.

하지만 그것은 어디까지나 외부의 소문일 뿐, 자신과 마블론의 격차가 얼마나 큰지 알고 있는 렉스터 남작에게 있어 그러한 찬양은 달갑지 않은 것이었다.

"확실히, 준비가 갖추어지지 않았을 수도 있겠군."

"호의에 응하지 못하여 진심으로 죄송합니다."

"죄송할 것은 없다. 어디까지나 자신의 판단이니까. 그 결정을 존중한다."

"감사합니다."

"단, 너무 신중한 것은 찾아온 기회를 앗아갈 수 있다는 것 정도는 알아두도록."

"예."

티엘은 몸도 제대로 가누지 못하는 그윈을 보면서 당부했다.

"조만간 저 녀석을 써먹어야 하니 너무 굴리지 말도록. 원정을 떠나려면 적어도 몸은 성해야 하니."

"알겠습니다."

"그럼 수고하도록."

짧은 작별 인사를 건넨 티엘은 연무장을 벗어났다. 예를 취하고 있던 렉스터 남작은 탈진한 그윈을 바라보며 중얼거렸다.

"몸만 성하면 된다는 것인가……."

몸은 멀쩡하게 둔 채 정신적으로 괴롭게 만들 방법은 얼마든지 존재했다.

만약 살벌하게 빛나는 그의 눈을 보았다면 그윈은 바로 기절했을지도 몰랐다.

제3장
아이주 지방 공격

삼만의 군사를 아이주 지방으로 파견.

이 사실은 제국 전역으로 퍼지는 데 오래 걸리지 않았다.

현재 제국은 레디븐 백작가를 끌어들여 황가가 온전히 존속하고 있으나, 이미 사분오열되어 각자의 패권을 다투는 형국으로 이어지고 있었다.

이미 대부분 각 지방에서 통합을 마친 제국의 현재 상황은 1강 4중 3약이었다.

1강은 북부 일대를 통일한 윈스터 후작가다.

삼십만이 넘는 대군을 거느리고 있는 윈스터 후작가는 대

왕국이라 칭해도 부족함이 없을 정도로 광활한 영토를 차지,
패권을 얻기 위한 행보를 차근차근 보이고 있었다.

휘하에 뛰어난 책사들이 자리하여 그를 보좌했으며, 용맹
과 지략을 겸비한 장수들이 각 전선에서 맹활약을 펼치고 있
었다.

4중은 황제를 받들고 있는 레디븐 백작가와 헤셀 백작가,
로운 후작가다.

중앙 지역 일대와 서북부 라이오너 후작령을 수습한 레디
븐 백작가의 힘은 윈스터 후작가와 자웅을 겨뤄도 밀리지 않
을 만큼 강력했다.

다만 중앙 정계에서 잡음이 일어나고 힘을 하나로 통합하
지 못해 아직 그 역량을 온전히 발휘하기 어려웠다.

헤셀 백작가는 이미 십 년이 넘는 시간 동안 두 지방을 장
악하고 방대한 힘을 비축했다. 수십 년간 전쟁을 치를 만큼
풍부한 군량을 비축하고 경험이 풍부한 병사가 포진한 그들
은 윈스터 후작가와 대치해도 전혀 밀리지 않았다.

위클린 공작가는 칼헤린 지방의 지배자로, 이미 한 왕국의
기틀을 닦아놓았다.

아스트롱 공작가 침공에서 큰 손해를 입고 물러났지만 여
전히 뛰어난 전력을 갖추고 있으며, 위클린 공작의 야심도 수
그러들지 않은 상황이다.

로운 후작가는 4중에서 가장 약한 전력을 보유하고 있지만 절대강자인 티엘이 존재했다. 또한 지리적인 장점으로 언제든지 위로 도약할 수 있는 역량을 갖추었다.

3약은 아스트롱 공작가, 카본 대공가, 클레디오 백작가였다.

이들 셋은 각자 지닌 역량이 가볍지 않지만 세력이 다른 곳과 비교해서 현격한 열세였다.

다른 점이라면 클레디오 백작과 카본 대공 모두 절대강자의 초인이었다. 아스트롱 공작가는 라이오너 후작가와 위클린 공작가의 침공으로 전력이 현격히 약해졌지만 로운 후작을 사위로 둠으로써 세력을 유지할 수 있게 되었다.

이렇게 여덟 개의 세력이 얽힌 제국 상황은 한 치 앞도 내다볼 수 없는 안개와 같았다.

근래 들어 윈스터 후작가가 숨 고르기를 하고, 레디븐 백작가가 중앙 정계의 잠음이 일어나 외부적인 충돌이 벌어지지 않고 있었다.

그것을 깨버린 것이 바로 로운 후작가였다.

쾅!

"지금 그게 사실이란 말이냐!"

"예, 예!"

보고를 가지고 온 전령은 헤셀 백작의 호통에 잔뜩 얼어붙어 대답했다.

처참하게 구겨진 헤셸 백작은 뒷말을 잇지 못한 채 입술을 질겅질겅 씹었다.

아이주 지방으로 삼만의 군을 파견한 로운 후작가의 속내가 무엇인지 바로 간파한 것이다.

"로운 후작 이놈을……."

윈스터 후작가와 대치하고 있는 상황에서 아이주 지방으로 돌릴 역량은 없다고 봐도 무방했다. 그동안 뒷공작으로 꾸준히 방해를 해왔지만 직접 군을 파견하면 할 수 있는 일은 사실상 없었다.

청크 지방을 차지하고, 아이주 지방에 영향력을 행사하기 위해 오랫동안 계획을 세워왔고 실행으로 옮기고 있었다.

하지만 직접 군을 파견하면 아이주 지방의 영향력은 사라지고, 청크 지방을 차지할 계책도 실행할 수 없게 된다.

"왜 하필이면 지금이란 말인가!"

격렬한 분노를 표출했지만 그 대상은 없었다. 한동안 씩씩거리던 헤셸 백작은 눈치를 살피기 바쁜 전령을 밖으로 내보낸 뒤 생각에 잠겼다.

"윈스터 놈에게 엿을 먹여야 하는 시기에 움직이다니. 동맹 관계인가?"

헤셸 백작은 사적으로 윈스터 후작의 사촌 동생이다. 하지만 그 관계는 모르는 사이보다 더 나쁠 정도로 앙숙 관계였다.

현재 제국 내에서 가장 강력한 힘을 지닌 윈스터 후작을 볼 때마다 들끓는 분노를 다스리기 바빴고, 어떻게든 그 자리에서 끌어내리기 위해 고민을 아끼지 않았다.

그리고 그 계획을 차근차근 수행하던 도중, 로운 후작가의 움직임을 전해 들은 것이다.

그로서는 윈스터 후작가와의 연대를 의심할 수밖에 없었다.

"아니, 로운 후작의 성격상 같이 움직이는 일은 없을 것이다. 그렇다면 시기가 맞아 떨어졌다는 이야기."

철저한 권력 지향형인 헤셀 백작은 책사를 곁에 두는 다른 영주들과 달리 오로지 자신의 판단에 전적으로 의존했다.

혼자 정보를 꽉 틀어쥐었고, 가신들은 한정적인 한도 내에서 임무를 수행하게 했다.

그것이 배신을 방지할 수 있는 합리적인 수단이었고, 가장 확실하게 자신의 의견이 반영될 수 있음을 모르지 않았던 것이다.

아이주 지방은 인구가 많지 않고, 딱히 특산물이 있는 것도 아니지만 지리적인 위치상 헤셀 백작에게 있어 신경이 쓰일 수밖에 없다.

이곳을 차지하게 되면 후방 걱정을 덜고 윈스터 후작가에 집중할 수 있지만 만약 로운 후작가가 차지하면 언제 후방을 넘을지 몰라 전전긍긍해야 한다.

고민을 끝낸 헤셀 백작은 휘하의 카미엘 자작을 호출했다.

얼마 지나지 않아 모습을 드러낸 그는 정중하게 예를 취했다.

"부르셨습니까."

"그대에게 내릴 명령이 있다."

"하명하시길."

"아이주 지방에 관련된 일이다. 로운 후작가가 삼만의 군대를 이끌고 진격하고 있다는 소식은 들었겠지?"

"예."

"그대가 병력을 이끌고 가서 로운 후작가의 군을 막아주었으면 한다."

"전쟁으로 번져도 괜찮습니까?"

"물론."

"명을 받들겠습니다."

고개를 숙이는 카미엘 자작을 보며 헤셀 백작은 미소를 지었다.

뛰어난 책사가 존재하지 않지만 그에게는 충실한 수족이 되어주는 장군이 여럿 있었다.

그중 한 사람이 카미엘 자작이었고, 뛰어난 상황 판단 능력과 작전 수행 능력이 맞물려 언제나 기대 이상의 성과를 내곤 했다.

"기대하지."

군의 편제를 위해 곧장 자리를 벗어난 카미엘 자작을 바라보며 헤셀 백작은 다시 생각에 빠져들었다.

아이주 지방으로 군을 파견하는 것은 이대로 순순히 물러날 수 없음을 의미한다.

로운 후작가에서 어떤 움직임을 보일지 모르지만 그것을 보고 맞춰서 움직이기만 하면 된다.

"본격적인 전쟁이 벌어지면, 그동안 숨을 죽이고 있었는지 알게 해주지."

헤셀 백작의 눈이 섬뜩한 빛을 발했다.

제국의 숨은 검으로 모습을 드러낸 카본 대공은 더 이상 가문으로 돌아가지 않고 황도에 눌러앉았다.

근위기사단장직을 내려두고 히드로 2세의 충실한 검으로 돌아온 하브리스 공작이 있었지만 일처리 과정을 지켜보면 마음에 드는 구석이 하나도 없었다.

급진적인 성향을 가진 카본 대공은 제국에 해를 끼칠 만한 인물이라면 제거해야 한다고 주장하곤 했다.

하지만 목표로 삼았던 로운 후작이나 클레디오 백작 모두 실패하면서 당초 목적을 달리하여 황권을 회복하는 데 힘을 보태고 있었다.

"넌 어떻게 생각하지?"

"이대로 두는 것이 현명하다고 보는데."

"역시 두고 보는 수밖에 없나."

"더 이상 끼어들면 그것은 폐하의 의도를 벗어나는 결과가 된다."

"그렇지, 제길. 괜히 어설프게 나서 버렸군. 레디븐 백작 녀석도 보통이 아니고."

카본 대공은 표정을 일그러뜨렸고 하브리스 공작은 씁쓸한 표정을 지었다.

황제의 권위를 드높이기 위해 움직이던 두 사람이었지만 어느 사이엔가 그것을 주도하고 있는 것은 그들이 아닌 다른 사람이었다.

바로 레디븐 백작이다.

그는 정계의 귀족들을 궁지로 몰아넣으면서 압박을 가했고, 그 권력의 공백을 고스란히 히드로 2세에게 떠넘기고 있었다.

무너진 황제의 권위를 세우는 일인 만큼 반겨야 할 일이지만 그 이면에 자리한 의도를 살펴보면 소름이 끼치는 일이 아닐 수 없다.

히드로 2세는 심약한 황제이다.

엉망이 된 황제의 권위를 세우기 위해 여러 노력을 아끼지 않았지만 본래 심성은 순하고 약하여 누군가를 독하게 다루지 못한다.

직접 불러들였던 레디븐 백작을 견제했던 것도 황실의 권위를 세우기 바라는 마음에서였을 뿐, 개인적으로 그를 싫어하지는 않는다.

레디븐 백작이 협력자의 자세를 보이며 충실하게 요구를 들어주니, 자연히 그에 대한 고마움을 느꼈고 이는 신임으로 이어졌다.

즉, 레디븐 백작은 자신이 앞장 서서 히드로 2세의 권력 확충을 돕고 있었지만 그 영향력이 고스란히 자신에게 돌아오고 있던 것이다.

이는 자신의 권력을 확충함에도 다른 비난을 사지 않는 효과를 낳았다.

"애송이 녀석에게 이렇게 당할 줄은."

"당해도 한참 당한 셈이지."

"큭, 아주 꼴좋게 됐군."

"그렇다고 끼어들 수도 없지 않나."

"끄응."

레디븐 백작을 향한 히드로 2세의 신임은 나날이 상승하는 중이었다.

그것은 카본 대공이나 하브리스 공작이 건드릴 엄두가 나지 못할 정도로 치솟아서 지금에 이르러서는 아예 손을 놓은 상황이다.

"다른 방안이라도 있냐?"

"폐하께서 믿고 맡기시는 만큼 지켜보는 수밖에 없겠지."

"이대로 녀석이 날뛸 여지를 주겠다는 것은 아니겠지?"

"물론 제지를 해야겠지만 엄연히 한계가 존재하니."

레디븐 백작의 독주는 앞으로의 상황에서 반드시 가로막아야 할 사안이었다.

그럼에도 둘은 달리 뾰족한 수가 없었다. 당장 히드로 2세가 그를 믿고 일을 맡기고 있는데 무슨 말을 전달한단 말인가.

"그나저나, 로즈는 연락이 없나?"

"큭! 이것이 가문을 벗어나더니 아주 살판이 났나 보더군."

"로운 후작가에 있는 만큼 걱정은 하지 않지만 그래도 어느 정도 주의를 주는 게 좋을 텐데."

"안 그래도 그러라고 하지만 언제 그 녀석이 내 말이라도 들었나? 오히려 반발해서 엇나가지 않으면 다행이라고 생각하는데."

"그 아비에 그 딸이라는 말이로군."

"뭐라고?"

"그냥 해본 말이다."

스쳐 지나가듯이 한 말이지만 카본 대공은 펄쩍 뛰면서 하브리스 공작을 노려보았다.

"끄응, 로즈가 그곳에 있어서 윽박지르는 것도 힘들고. 마음 같아서는 전쟁 따위나 벌이는 녀석에게 따끔한 말을 해줘야 하는데."

"핑계 하나 좋군."

"내가 핑계를 대는 것처럼 보이냐?"

"이미 로운 후작의 실력이 어느 정도인지 눈치챘을 텐데 그렇게 강한 척을 해봤자 마이너스뿐이란 걸 너도 잘 알 텐데."

한 차례 손속을 겨룬 적이 있지만 티엘의 실력은 측정하기 힘들 정도로 대단한 수준이었다.

제국의 숨은 검으로 자부심이 대단한 카본 대공조차 한 수 접어줄 만큼.

하지만 약한 모습을 보이기 싫었던 만큼 강한 척을 하려고 했으나 하브리스 공작의 날카로운 혀는 그것을 용납하지 않았다.

"그럼 전쟁 벌이는 것을 지켜보고만 있을 생각이냐?"

"폐하께서 움직이시겠지. 우리는 그것을 보고 임무를 수행하면 될 뿐."

"근위기사단장을 사임했지만 여전히 고지식하군. 그 말이 틀리지는 않았으니 받아들여 주마."

로운 후작가와 헤셀 백작가의 충돌은 연쇄적인 전쟁을 일으킬 수도 있다.

이는 결코 바라는 바가 아니었기에 둘은 히드로 2세에게 상황을 보고하기 위해 걸음을 옮겼다.

전쟁을 막고자 찾아간 둘은 뜻밖의 말을 들어야만 했다.

히드로 2세의 대답은 그들의 예상을 벗어났다.

"전쟁을 승인할 생각입니다."

"폐하! 어찌하여?"

"분명 전쟁은 가장 가혹한 수단이지만 몇 년 동안 무주공산인 아이주 지방의 백성들을 위해서는 이번 충돌이 필요한 일입니다. 짐은 이것에 대해 양측 가문이 힘겨루기를 해도 묵인할 생각입니다."

"……"

용건을 꺼내 들었던 카본 대공은 할 말을 잃고 말았다.

하지만 오랫동안 곁에서 보좌했던 하브리스 공작은 이상 기류를 감지할 수 있었다.

"폐하, 아이주 지방을 놓고 양측 가문의 힘겨루기에 대해 복안이 있으신지요."

히드로 2세가 가볍게 고개를 저었다.

"지금은 없습니다. 단지 로운 후작은 큰 욕심이 없는 인물이고 헤셀 백작은 욕심이 큰 인물, 양측이 충돌하면 로운 후작가가 승리할 가능성이 높다는 건 알고 있습니다. 이 충돌은 안하무인인 헤셀 백작의 기세를 꺾어놓을 것입니다. 그럼 그들도 더 이상 짐의 명령을 거부하는 행동은 하지 못할 테니 지켜볼 생각입니다."

"허어!"

평소 보여준 식견과 사뭇 다른 모습에 카본 대공은 혀를 내둘렀다.

그리고 하브리스 공작은 작게 고개를 끄덕였다.

"예, 감사합니다. 하오나 전쟁의 확산을 막으셔야 할 듯싶습니다."

"그 부분도 생각을 해놓았습니다. 어느 한쪽이 우위를 점하면 짐의 이름으로 중재를 할 생각입니다. 아이주 지방이 어느 누군가에게 완벽하게 넘어가는 것은 좋지 않다는 걸 알고 있으니."

즉, 분쟁의 씨앗을 남겨놓고 양측 가문이 지속적으로 힘겨루기를 하게 만들겠다는 뜻이었다.

"폐하의 고견, 감사합니다."

하브리스 공작이 고개를 깊게 숙였다. 그리고 더 말을 하려는 카본 대공을 제지한 뒤 대전을 벗어나 궁 밖으로 나왔다.

"왜 내 말을 가로막았지?"

"아무래도 폐하에게 레디븐 백작의 책사가 붙은 것 같다."

"레디븐 백작가의?"

"음! 실례되는 말이지만 방금 전 하셨던 말들은 폐하의 식견에서 나올 수 없는 것이다."

"끙! 기분은 나쁘지만 그렇긴 하지."

"아마 레디븐 백작은 조언을 명목으로 책사를 소개시켰고, 그로 하여금 폐하를 보조하게 했을 것이다."

카본 대공의 눈에 불똥이 튀었다.

"한마디로 폐하를 꼭두각시로 만들었다는 이야기 아니냐?"

"그렇게 봐도 무방하겠지."

"레디븐 백작 이놈이……."

"하지만 형태의 문제다. 폐하께서 더 많은 의견을 듣고, 생각을 정리하셨다고 하면 우리가 나설 수 있는 여지는 사라지게 된다."

생략되었지만 그 이면에는 레디븐 백작의 노림수까지 들어 있다는 뜻이다.

카본 대공이 표정을 굳힌 채 중얼거렸다.

"무서운 놈이군."

"무서운 인물이지."

"그럼 이대로 지켜보고 있자는 것이냐?"

울분이 담긴 그의 물음에 하브리스 공작은 조용히 고개를 저어 보였다.

"단지 지금은 때가 아니라는 것뿐이다."

"그럼?"

"조금씩 폐하에게 마수를 뻗히고 있는 만큼 레디븐 백작은 수 싸움에 능하지. 하지만 폐하를 꼭두각시로 만들기 위해 여러 가지 공작을 취할 것이다. 우리가 해야 할 일은 그것을 차단하기보다 완벽한 증거를 확보하고 레디븐 백작이 허튼짓을 하지 못하게 경고하는 것이다."

"마음에 들지 않는 수단이군."

생각을 한 시점에서 바로 행동으로 옮기는 카본 대공에게 마음에 드는 수단은 아니었다.

"우리에게 폐하가 적에게 인질로 잡혀있다고 생각하면 된다."

"알았다, 무슨 말인지 알겠으니 불쾌한 표현은 사용하지 마라."

"음."

"말이 통하는 녀석이었나 싶었는데 이런 일이 벌어지다니. 만만한 녀석이 없군."

제국의 숨은 검으로써 역량을 연마할 동안 우후죽순 나타난 이들의 존재에 어느덧 비주류로 밀려난 느낌을 받은 카본 대공이 씁쓸한 어조로 중얼거렸다.

하브리스 공작도 비슷한 표정으로 고개를 끄덕였다.

로운 후작가에서 아이주 지방을 정벌하는 데 사령관으로 임명한 인물은 그윈이었다.

아직 서른도 되지 않았지만 이미 렉스터 남작의 뒤를 이을 로운 후작가의 검으로 불리며, 남부 지방에서 임무 수행을 완벽하게 해낸 만큼 중책을 맡게 된 것이다.

삼만에 달하는 대군이었지만 그윈은 군을 통솔하는 데 어려움을 겪지 않았다.

가문 내에 있을 때는 티엘에게 이리저리 굴려지고, 마블론과 렉스터 남작에게 처참하게 당해 나뒹굴기 일쑤였지만 일반 병사들에게 있어 그윈은 가히 신화와도 같은 존재였다.

평민 출신으로 기사가 되어 두각을 드러냈고, 나중에 이르러서는 로운 후작의 동생과 결혼하여 가문의 일원이 되는 데 성공한 것이다.

이와 같은 출세가도는 그들의 존경을 이끌어내기에 부족

함이 없었다.

가문 내에서 형편없는 몰골로 뒹구는 것도 알려질 일이 없으니 병사들이 갖는 그윈에 대한 선망은 일반 수준을 넘고 있었다.

"귀찮은 일을 덜었어."

군을 이끌기 위해서 병사들을 이끄는 장교들의 장악은 필수적인 요소다.

그윈에게 있어 가장 단점이 되는 것은 역시나 어린 나이.

하지만 그러한 나이도 어린 시절부터 쌓아온 풍부한 경험이 상쇄시켜 주었다.

오히려 젊은 나이에 지금과 같은 위치에 오른 것을 선망하는 상태.

그것은 삼만의 군을 효율적으로 다스릴 수 있는 계기가 되었다.

삼만 명의 병력을 태운 이백여 척의 배가 강을 가르고 달려갈 때, 저편에서 부관이 달려와 예를 취한 뒤 보고를 올렸다.

"보고입니다, 헤셀 백작가에서 삼만의 군을 아이주 지방으로 파견했다고 합니다."

"총사령관은?"

"카미엘 자작입니다."

"카미엘 자작이라."

군사부에서 예측한 인물과 동일했다.

카미엘 자작은 헤셀 백작의 주 전력에서 빼놓을 수 없는 인물로, 수족과 같은 역할을 담당하는 인물이다.

그런 그가 파견되었다는 것은 헤셀 백작이 아이주 지방을 쉬이 포기할 생각이 없다는 걸 의미했다.

"작전은?"

"수중전을 벌일 필요가 없다고 보고 있습니다."

"그럴 테지. 적을 육지로 이끄는 방안을 마련하도록 해라. 회의는 내가 주관한다."

"예!"

카미엘 자작의 성향부터 시작하여 이번 아이주 지방 공략 작전에서 어떤 방식으로 적을 상대할지 기본적인 틀은 이미 완성되어 있는 상태였다.

다만 어떻게 더 효율적으로 적을 물리치고, 아이주 지방의 영주들을 굴복시키는지 여부가 갈라질 뿐, 계획은 세워져 있으나 실행하는 것은 온전히 그윈의 몫이었다.

"잘해야겠지."

나직한 중얼거림으로 의지를 다지는 그윈.

이번 작전은 그에게 있어 굉장히 중요했다.

티엘이 그에게 내세운 것.

그것은 다름 아닌 이번 아이주 지방 장악에서 공을 세우면 세습할 수 있는 작위를 내려주겠다는 제안이었다.

후작의 여동생과 결혼을 했음에도 작위가 없는 것은 기이한 형태였지만 상벌이 분명한 티엘에게 있어 공을 세우지 못한 그윈에게 세습 작위를 내려주는 것은 있을 수 없는 형태였다.

그러던 차에 다가온 기회가 바로 지금이다.

공을 세우면 영지를 하사받고 작위를 수여받아 실비아에게 좀 더 떳떳한 남편이 될 수 있으리라.

"목숨을 건지기 위해서라도 최선을 다해야겠지."

허튼짓을 하면 국물도 없을 거라고 경고하던 티엘의 음성이 귓가에 울려 퍼지는 것 같아 그윈은 다시 한 번 정신을 다잡았다.

영지로 돌아온 클레디오 백작은 카를렌스의 간섭을 배제한 채 철저한 수련으로 피폐해진 정신을 단련하기 시작했다.

휘하의 하멜 남작이나 카르딘 남작은 걱정을 드러냈지만 클레디오 백작은 아랑곳하지 않고 수련에 온전히 시간을 쏟았다.

로운 후작령에서 건강을 회복하고, 철저한 수련 끝에 정신까지 다잡은 그는 카를렌스의 힘을 온전히 수중 아래 놓기 위해 힘쓰기 시작했다.

하지만 드래곤의 힘은 인간의 의지로 다스리기 쉽지 않았다.

처음에는 자신의 뜻대로 움직이는 듯했으나, 어느 순간 자신의 뜻이 아닌 드래곤이 개입되어 있다는 걸 알아차린 뒤 느낀 것은 절망과 희열이었다.

인간보다 상위 존재인 드래곤을 극복할 수 없다는 절망, 그리고 나태하게 바뀐 삶에서 도전할 만한 것을 발견한 기쁨이었다.

티엘의 검에 상처를 입은 카를렌스는 어느 순간 회복을 마친 뒤 클레디오 백작을 유혹했다.

[나를 받아들여라. 너에게 더 큰 힘을 줄 수 있다.]

[세상을 무너뜨릴 힘을 주겠다.]

[그를 넘고 싶지 않나? 나를 받아들이면 가능하다.]

그럴 때마다 클레디오 백작은 묵묵히 검을 휘둘렀다.

"닥쳐라, 도마뱀."

[이대로 있으면 넌 여전히 이인자로 남게 될 것이다. 최고가 되고 싶지 않나?]

"드래곤의 노예로 최고가 되고 싶지 않군."

카를렌스의 유혹은 어떠한 미녀보다 감미롭고 진득했다. 한 번 빠지면 헤어 나올 수 없는 죽음의 늪처럼 클레디오 백작 정신의 틈을 파고들었다.

그럴 때마다 그는 더욱 혹독하게 육체를 단련했고, 정신을 다잡으려고 했다.

"후욱! 후우!"

[인간의 힘으로 버텨내지 못할 것이다. 지금이라도 날 받아들이고 편히 쉬어라.]

말 그대로였다.

단단한 성벽처럼 굳건하던 클레디오 백작의 정신은 카를렌스의 유혹이 거듭될수록 흔들리는 빈도가 늘어나기 시작했다.

그것은 커다란 절망을 안겨다주었지만, 강적을 상대할수록 승부욕을 느끼는 클레디오 백작에게 있어 도전의 과제로 자리매김하고 있었다.

오히려 그는 카를렌스에게 비웃음을 흘렸다.

"일개 인간에게 본체까지 타격 입은 드래곤이 그런 말을 하다니, 우습군."

[크으으, 네놈이.]

분노에 가득 찬 음성이 들려왔지만 클레디오 백작은 개의치 않았다.

중간계에 강림하고자 하는 카를렌스는 숙주를 필요로 했고, 드래곤 하트의 힘을 전해 받은 클레디오 백작을 집착하고 있었다.

그가 온전한 강림을 위해서는 육체에 어떠한 해도 끼치지 못할 터.

그 사실을 확인한 클레디오 백작의 언행은 점점 과감해졌다.

"온전히 강림하고 내 육체를 차지해도 과연 그를 뛰어넘을 수 있을지 궁금하군. 기껏 강림해도 처치당할 텐데 애를 쓸 필요가 있나?"

[닥쳐라, 네놈이 아직 온전한 내 힘을 보지 못해서 그렇다. 어서 내 힘을 받아들여라! 그럼 너는 이 세상에서 가장 위대한 존재가 될 수 있을 것이다.]

"헛소리도 풍년이군."

좀처럼 볼 수 없는 과격한 어조였지만 클레디오 백작도 어렴풋 느끼고 있었다.

자신이 언제까지나 카를렌스의 침공에 버텨낼 수 없다는 것을.

말이 거칠어지는 것은 위기감이 반영된 감정의 표출일 뿐이다.

'반드시 견뎌낸다. 반드시.'

자존심을 건 그의 두 눈이 강렬한 빛을 뿌렸다.

마음속 질투심을 어느 정도 털어낸 로웰린은 시간이 날 때마다 크레티아를 찾아 같이 시간을 보내고는 하였다.

이제 임신 중반으로 들어가면서 배가 부풀기 시작한 그녀는 마리의 엄명으로 인해 항상 하녀들을 대동하고 움직이곤 하였다.

크레티아는 그것을 불편하게 여겼지만 손이 귀한 가문인 만큼 마리의 노력은 각별했다.

로웰린이 차를 따른 찻잔을 건네주며 물었다.

"도와줄 건 없을까?"

"아직은 괜찮아요."

"그래도 조심해야지."

"다들 그 말을 하는데 정말 괜찮아요. 나는 괜찮다고 하는데 자꾸 주변에서 위해주려고 하니 조금 불편한 것 같아요."

"신경 써주는 게 좋은 거라고 생각해. 뱃속의 아이를 위한 일이잖아?"

"그렇긴 하죠."

"그러니 주변의 호의를 좋은 마음으로 받아들이면 된다고 생각해."

"……."

둘 사이에 침묵이 내려앉았다.

예전부터 친자매처럼 지냈고, 임신 후에도 찾아와 여러 가지 불편한 점을 도와주는 로웰린이었지만 어느 순간부터인가 이런 침묵이 생기는 경우가 잦아졌다.

크레티아는 이 침묵이 불편했다. 그리고 이러한 기류가 자신의 임신에서부터 시작되었다는 것을 잘 알고 있었다.

차를 한 모금 마신 그녀가 조심스럽게 입을 열었다.

"언니."

"응."

"제가 임신한 다음부터 가문에 이상한 기류가 도는 것 같아요."

"그래?"

"네, 분위기 파악이 늦는 제가 알 정도라면 언니도 눈치채고 있을 거라 생각해요."

로웰린이 무겁게 고개를 끄덕이면서 크레티아에게 사과를 건넸다.

"미안, 모르는 게 태아에게 나을 거라 생각했어."

"아니에요, 나도 이런 일이 벌어질 줄은 몰랐으니까요. 다만 언니는 제가 정말 친언니처럼 생각하고 있으니까 제 편이라고 생각해요."

"당연하지."

"그래서 말인데, 한 가지만 부탁해도 될까요?"

"얼마든지 좋아."

"제가 아이를 낳게 되면, 친 아이처럼 보살펴 주시면 안 될

까요?"

"……."

잠깐의 침묵.

그것은 여러 가지 불안한 상상을 하게 만들기 충분했다.

크레티아가 처연한 어조로 물었다.

"어렵나요?"

"어려울 건 없어. 미안, 대답이 늦어서."

"미안하실 것 없어요. 오히려 제가 언니에게 죄송한 이야기를 한 것 같아요. 그래도 이런 부탁을 할 수 있는 분은 언니밖에 없어요."

"카롤리나도 있잖니."

"카롤리나도 친구지만 솔직히 이런저런 부탁을 하는 사이는 아니에요. 상인인 것도 있지만 언니처럼 교감을 나누었다고 생각하지 않거든요."

"그랬구나."

"부탁드릴 사람은 언니밖에 없어요."

간절한 크레티아의 어조에 로웰린의 얼굴에 복잡함이 스쳐 지나가다가 이내 고개를 끄덕여 보였다.

"알았어, 그런 건 부탁하지 않아도 당연히 해야 할 일이야."

"정말 고마워요, 언니."

"고맙긴."

"안 그래도 이런저런 말이 나오면서 많이 불안했어요. 이대로 언니랑 멀어지는 건 아닐까, 내가 괜히 가문에 분란을 가져오는 게 아닐까 하고……."

"걱정하지 마. 내가 있잖아."

자리에서 일어선 로웰린이 다정하게 그녀를 안아주었다. 크레티아도 폭 안긴 채 거듭 감사의 인사를 건넸다.

"네, 언니만 믿을게요."

"응, 앞으로도 서로 믿고 의지하면서 지내고 싶어."

"네."

감격한 표정을 지으며 살며시 눈을 감는 크레티아.

하지만 로웰린의 표정은 여전히 복합적인 감정이 서려 있었다.

부인과 같이 보내는 시간이 늘어났지만 티엘의 아침은 여전히 연무장에서 시작된다.

전생보다 못하지만 여전히 검에 미쳐 있었고, 더 높은 경지에 목이 말라 있었다. 공간검의 경지에 올라선 뒤 더 다양한 검에 조예가 깊어진 그의 머릿속에는 카를렌스가 자리하고 있었다.

"언제 강림할지 모르지."

단순히 자신의 공간검이 마계나 천계의 문을 열었다고 생각했지만 아스트롱 공작령에서 보았던 고대의 비사는 그것이 추측에 불과했다는 걸 깨닫게 하였다.

　자신의 공간검은 일종의 응집된 힘이다.

　공간을 지배하며 의지 아래 두는 힘은 누구도 거역할 수 없는 절대적인 위력을 지니고 있다.

　그것이 온전한 형태를 발휘할 때, 마계와 천계를 가로막은 틈을 없애준다.

　그 원리를 알게 된 이상 엉뚱한 짓을 벌이지 않고 공간검의 묘리를 싣는 것은 어렵지 않았다.

　몇 번의 수련으로 온전한 힘을 발휘하게 된 티엘은 이례적으로 비밀 연무장에 한 사람을 초대했다.

　아침 식사가 이루어지기도 전, 연무장 안으로 들어선 이가 예를 취했다.

　"주군을 뵙습니다."

　"경지에 올라섰군."

　"모두 주군의 지도 덕분입니다."

　모습을 드러낸 것은 바로 마블론이었다.

　그를 바라보는 티엘의 눈에 이채가 서려 있었다.

　예전까지 마스터의 경지에 가로막혀 있던 그가 절대 강자라 칭해지는 경지에 한 걸음 내딛은 것을 알아차린 것이다.

이전까지 마블론의 주변에 상대의 접근을 가로막는 장벽이 존재했다면 지금은 넘볼 수 없는 천혜의 요새를 쌓아두고 있었다.

기세의 존재만으로 그 힘의 차원이 달라지는 경지에 올라섰다는 걸 의미했다.

"하지만 아직 부족해."

"목표로 하던 경지에 올라섰지만 아직도 나아갈 길이 많다는 것을 알게 되었습니다. 주군의 가르침을 부탁드리겠습니다."

"휘하의 가신이 강해지는 것은 가문의 홍복이니 걱정할 이유가 없겠지. 검을 들도록."

스르릉.

티엘의 말에 마블론은 지체 없이 검을 뽑아 들었다.

서늘한 예기가 검을 타고 번져 나가면서 주변 일대를 장악해 나갔다.

그것을 보고 피식 웃은 티엘도 검을 들었다.

"새로운 경지를 맛보고 무엇을 깨달았지?"

"제 검이 어디 한곳에 국한되지 않고 무궁무진하게 펼쳐질 수 있다는 확신을 얻게 되었습니다."

"나쁘지 않군. 하지만 의지가 실리는 것을 그대로 검으로 펼쳐내는 것은 아직 무리일 테지."

"그렇습니다."

"깨달음도 중요하지만 그것만큼 중요한 것이 바로 몸에 각인을 시키는 것이다. 그윈이 왜 그런 훈련을 하는지 알고 있겠지."

"저도 비슷한 경우란 말씀이십니까?"

"세상의 수련이란 것은 모두 비슷한 형태를 띠게 마련. 단지 깨달음을 얻는 것은 저마다 다르지만 육체에 각인되는 것은 비슷하다는 뜻이다."

그 말과 함께 입을 다문 티엘에게서 스산한 기세가 발산되었다.

마블론도 지지 않기 위해 기운을 일으키면서 대항하기 시작했다.

살벌한 기세가 오히려 티엘의 것을 잡아먹을 것처럼 거세게 요동쳤다.

"고통으로 각인되기 싫으면 정신이 스스로 육체에 각인시켜 보도록."

"최선을 다할 것입니다."

"물론."

슈각!

티엘의 말이 떨어지기 무섭게 그의 검인 공간을 갈랐다. 단숨에 도약하며 세 번의 베기로 검풍을 일으키면서 쇄도했다.

퍼벙! 펑! 펑!

공간이 터져 나가면서 강렬한 바람이 티엘을 덮쳤다.

그는 제자리에 선 그대로 검을 휘둘러 검풍을 상쇄시켰다.

파사사!

마블론은 개의치 않고 거듭 검을 휘둘렀다. 거리의 간격을 조절하면서 힘의 완급이 절묘하게 이어짐에 따라 상대를 혼란으로 몰아넣을 수 있었다.

하지만 다른 누구도 아닌 티엘이었다.

검과 검이 부딪치면 힘의 여파를 이용한 역공이 이어졌고, 검풍과 오러가 허공을 가를 때면, 한 수 앞선 검격으로 상쇄시켰다.

"후우!"

한 호흡이 지날 동안 마블론은 삼십여 번의 공격을 펼쳤다.

가볍게 숨을 고르는 그를 향해 티엘의 말이 이어졌다.

"어느 정도 역량을 파악했겠지."

"예."

분한 마음이 들었지만 마블론은 순순히 수긍했다.

마음속으로 그린 검은 지금 펼친 것보다 더 큰 위력을 발휘했다.

하지만 결국 그것은 상상 속에 그치고 말았다. 그 이유는 그의 육체가 절대강자 반열에 들어선 힘을 온전히 발휘하지 못한 것이다.

잠시 입술을 질겅질겅 씹으면서 생각에 잠겨 있던 마블론이 말했다.

"주군, 무례한 부탁을 드려도 되겠습니까."

"뭐지?"

"전력으로 부탁드리겠습니다."

육체에 각인되더라도 티엘이 전력으로 펼친 공세와 마주하고 싶었다. 그 이면에는 어떤 공격을 펼쳐도 막을 수 있다는 자신감이 존재했다.

"죽을 수도 있다."

"부탁드리겠습니다."

"거절하지 않지."

티엘의 두 눈이 새파랗게 빛나는 순간, 그의 검은 순식간에 허공을 갈랐다.

서걱!

가벼운 갑옷 차림이었지만 속절없이 베였다. 최대한 몸을 뒤틀어 피했지만 살이 갈라지면서 붉은 피가 흘러내렸다.

"그런 여유를 발휘할 때가 아닐 텐데."

"헉!"

귓가를 맴도는 음성과 함께 다시 한 번 서늘한 예기가 전신을 덮쳐왔다.

마블론은 몸을 풍차처럼 회전시키면서 검을 휘둘렀다. 한 순간 모든 방위를 선점할 수 있는 검격이었다.

따다다다다당!

검과 검이 충돌하면서 요란한 충돌음이 수십 번 터져 나왔다.

단 한 번의 공격이라 생각했던 마블론은 제대로 힘을 싣지 못한 채 뒤로 튕겨졌다.

"큽!"

호흡을 가다듬을 틈도 없었다. 몸의 균형을 잡으려는 순간, 후방에서 은밀한 검격이 그를 감싸왔다.

펑!

북이 터지는 소리와 함께 붕 뜬 신형이 바닥에 처박혔다. 처음 서 있던 곳에서 그를 바라보고 있던 티엘이 가볍게 고개를 저었다.

"아직 갈 길이 멀군."

절대강자의 경지는 분명 대단했지만 초입인 마블론이 나아가야 할 것은 많았다.

당장 힘을 온전히 발휘할 수 있는 역량을 기르고, 육체와 정신이 좀 더 성숙해져야 한다. 이 기간은 몇 개월이 될지 몇 년이 될지 스스로의 노력에 따라 달라질 터였다.

하지만 절대강자라는 존재감은 자신의 귀찮음을 덜어줄

수 있는 유용한 패가 될 것이다.

"쓸 만한 패가 하나 늘었군."

죽을 수 있다고 경고했지만 여러 차례 써먹으려면 부상을 입힐 수 없었다.

조심스럽게 그를 눕힌 티엘은 포션을 꺼내 몸 곳곳에 뿌려 주었다.

"한숨 자고 일어나면 되겠지."

외상 치료를 마쳤고, 내상도 입지 않았기에 자고 일어나면 알아서 오리라.

연무장을 벗어나는 티엘의 입가에 짓궂은 미소가 번졌다.

제4장

들끓는 제국

로운 후작가에 시집을 왔지만 카롤리나는 매우 바빴다.

아직 체스너 상단의 일을 맡고 있었고, 로운 후작가에 진출한 상단 지부를 관리해야 했다. 거기에 로운 후작의 부인된 입장으로 시어머니인 마리와 시누이인 실비아에게 잘 대해주어야 했고, 가문의 안주인으로 역할을 해야 했다.

눈코 뜰 새 없이 바쁜 그녀였지만 먼 타지에서 온 친구의 방문을 외면할 만큼 철면피는 아니었다.

"카롤리나, 부탁이 있어."

"뭔데?"

"사실 내가 여기 오기 전에 아버지의 부탁을 받았어."

"대공 전하의?"

"응. 깜빡하고 네게 말하지 못했어."

"대공 전하의 부탁이 뭔데?"

자그마치 대공의 부탁이기에 심상치 않은 기류를 느낀 카롤리나가 자세를 바로 한 뒤 물었다.

그에 멈칫하던 로즈가 어색하게 웃음을 지으면서 말했다.

"사실 내가 여기로 올 때 아버지에게 조건부 허락을 받았거든."

"그랬어?"

"응, 안 그러면 아버지가 이곳에 오는 걸 허락할 리 없잖아."

"하긴……."

카본 대공의 딸 사랑은 유명한 이야기였고, 두 눈으로 직접 봤기에 카롤리나는 어색한 표정을 지은 채 고개를 끄덕였다.

"아버지가 말한 조건은 로운 후작님을 관찰해서 보고를 올리라는 거였어."

"…그거 스파이 아니야?"

"그치? 나도 처음에는 몰랐는데 내가 스파이였더라고."

"……."

해맑게 대답하는 로즈의 모습에 카롤리나는 할 말을 잃고 말았다.

스파이에게 가장 중요한 일이라면 첫째도 둘째도 비밀로 하는 것인데 그녀는 허무할 정도로 손쉽게 들켜 버린 것이다.

멍한 표정을 짓는 그녀에게 로즈가 당당하게 말했다.

"원래는 몰래 해야 하는데 내 성격에 맞지 않는 것 같아서 말이야. 그래서 직접 로운 후작님을 뵙고 부탁을 하려고. 카롤리나 네가 자리를 좀 만들어줄 수 있을까?"

"그러니까 지금 네가 스파이짓 하는 걸 나한테 도와달라는 거네?"

"그런가?"

"그런가가 아니라 그런 거지! 난 못해! 절대 못해!"

"왜애!"

"내가 그걸 왜 도와줘! 너 미쳤어?"

"친구 좋다는 게 뭐야. 도와주라, 카롤리나!"

"안 돼! 절대 안 돼!"

친구 사이에도 부탁할 것이 있고 부탁할 수 없는 것이 있는 법이다. 로즈의 황당한 부탁에 카롤리나는 절대 불가를 외쳤다.

"왜 안 돼! 이대로 두면 난 정말 몰래 스파이짓을 할 수밖에 없단 말이야. 그러다가 들키면 로운 후작님도 안 좋고 나도 안 좋잖아. 그러니 모두가 좋을 수 있는 방법을 제안한 건데 왜 싫다는 거야?"

"너 이미 들켰거든? 나한테 들켜놓고 뭘 안 들킨 척이야."

"뭐, 뭐? 그럼 너 나 쫓아내려고?"

"그야 당연하지."

"어떻게 친구 사이에……."

"친구 사이에 스파이짓 해달라고 하는 너도 웃긴 거야. 알아?"

"힝! 도와주지."

"아이고."

앓는 소리를 내는 로즈를 보며 카롤리나는 머리를 부여잡았다.

친구 사이에 부탁할 것이 따로 있지, 태연하게 스파이짓을 도와달라는 행태에 뭐라 할 말이 없었다.

"로즈, 우선 천천히 이야기를 해보자, 스파이짓이라는 게 정말이야?"

"음! 아버지께서 로운 후작님이 어떻게 행동하는지 관심이 많으시니 비슷한 것 같은데?"

"왜 그런 명령을 내리신지는 알고 있고?"

"글쎄? 관심이 많아서?"

"왜 관심이 많은지를 알아야지."

"그건 잘 모르겠어. 내가 알기로 공식 석상에서 제대로 대면한 적도 없는데."

"……."

무언가 내막이 숨어 있음을 눈치챈 카롤리나였지만 그 사실을 함부로 언급하기 힘들었다.

카본 대공은 히드로 2세의 숙부였고, 로운 후작은 자신의 남편이다. 정치적으로 서로 엇갈려 있는 만큼 그에 대한 근황을 보고해 달라는 것은 결코 좋은 의도가 있는 것처럼 볼 수 없었다.

'좋은 의도가 있을까? 아니, 좋은 생각을 갖고 있을 리 없을 텐데. 그이는 황제 폐하의 부탁을 거절한 적도 있으니까. 그럼? 나쁜 의도라고 해도 접점이 없는데…….'

생각이 꼬리에 꼬리를 물고 이어졌지만 결론은 쉬이 나지 않았다.

그러다 문득 든 생각에 그녀는 한숨을 길게 내쉬었다.

"하아."

어차피 자신이 결론을 내린다 한들 바뀌는 것은 없었다.

이 사안은 자신의 남편인 로운 후작이 관련되어 있지만 정치적인 판단은 오로지 본인이 스스로 내려야 한다.

'이러는 점이 치명적으로 작용할 수 있어.'

다른 여자와 경쟁이라면 자신이 있지만 로웰린이나 크레티아 모두 제국사대미녀이고, 그 미모는 자신보다 뛰어났으면 뛰어났지 못나지 않았다.

　미모로 경쟁해서 경쟁력이 확보되지 않는 상황에서 정치적인 면까지 이리저리 끼어드는 모습을 보이면 호감이 급전직하할 것은 불을 보듯 뻔했다.

　'반성하고, 이 사실을 전하는 게 좋겠지?'

　그렇게 마음을 먹은 카롤리나가 로즈를 바라보았다.

　아무것도 모르는 듯 순진무구한 것이 그녀의 매력이라고 생각하니 절로 미소가 흘러나왔다.

　'다른 꿍꿍이가 없으니 좋은 거겠지.'

　"도와줄게."

　"정말?"

　"아무래도 나 혼자서 판단을 내리는 것보다 그분이 판단을 내릴 문제 같으니까. 대신! 나도 같이 자리에 있었으면 좋겠어."

　"응! 물론이지."

　카롤리나의 제안에 로즈는 생각할 것 없다는 듯 흔쾌히 수락했다.

　로즈가 했던 말을 전달하고 얼마 지나지 않아 티엘이 자리를 마련했다.

　심각한 사안이었지만 세 사람이 모인 분위기는 그리 무겁지 않았다.

"우선 카본 대공이 한 말에 대해서 알고 싶은데."

"음! 아버지께서는 후작님에게 관심이 많으신 것 같아요. 제가 헤인조 지방으로 가겠다고 했을 때 약속한 게, 어떻게 지내는지 정기적으로 연락할 것과 후작님이 어떻게 움직이는지 여부에 대해서였거든요."

"그래서 그걸 카롤리나에게 그대로 말했다?"

"네."

"그렇군."

'어라?'

심각한 사안임에도 태연하게 사실을 늘어놓는 로즈나, 아무렇지 않게 수긍하는 티엘 모두 의아하게 여겨졌다.

기괴하게 일그러진 카롤리나를 본 로즈가 어깨를 으쓱했다.

"후작님이 절대강자의 반열에 올라섰으니 동향이 궁금한 건 당연한 건데, 카롤리나가 너무 과민반응을 한 것 같다니까요."

"궁금해할 수도 있지. 그리 깊게 고민할 문제가 아닌 것 같군."

"저, 정말 그렇게 생각하시나요?"

"아니면?"

"아, 아니에요."

카롤리나는 좀 더 경각심을 가지라고 말하고 싶었지만 로즈가 있어서 차마 그 말만큼은 할 수 없었다.

"카본 대공이 물어본 이유는 간단하다. 내가 황제를 받들지 않기 때문이지."

제국에서 지탄 받을 말을 서슴없이 하는 티엘. 듣고 있던 카롤리나가 화들짝 놀랐지만 로즈는 의아한 기색을 드러내며 물었다.

"왜요?"

"존경이 없기 때문이지."

"음! 그래도 다른 사람들은 모두 황제 폐하를 경외하고 받들잖아요"

"황제는 정확히 제국의 지배자지. 하지만 그 지배자란 의미도 직할령에 국한될 뿐, 영지를 지닌 영주는 각 지방의 지배자다. 그런 의미에서 생각하면 황제는 가장 강한 힘을 지닌 영주일 뿐, 힘을 잃은 황제는 강자의 존중을 받을 수가 없지."

"그러니까 황제 폐하께서 힘이 없으시니 존경을 할 수 없다는 뜻이네요."

"그런 의미도 있고, 본가가 어려움에 처했을 때 황제가 도움을 주지 않았던 점도 있다. 간신들이 날뛰고 백성들이 괴로워할 때 아무것도 할 수 없는 시절이 있었지."

"……."

쓸쓸한 표정을 짓는 티엘의 모습에 로즈는 아무 말도 할 수 없었다.

로운 백작가 시절, 간신들이 날뛰면서 허수아비로 전락했던 그의 일화는 이미 유명한 것이었다.

뭐든지 해낼 수 있을 것 같던 절대강자인 그가 무력했던 순간이 있었다니.

로즈는 새삼스러운 눈으로 티엘을 바라보았다.

"저는 어떻게 할까요?"

"어떻게 하고 자시고가 있나? 그냥 본 그대로 전하면 되겠지."

"정말요?"

"전해봤자 달라질 게 없으니까."

"네, 그럴게요."

담담하게 보고하라는 티엘이나 수긍하는 로즈나, 특이한 사람인 것은 똑같았다.

함께 어울리면 왠지 자신이 바보가 되는 것 같아 고개를 절레절레 젓고 있을 때 예상치 못한 로즈의 기습 공격이 들어왔다.

"그럼 부탁이 있어요."

"말하도록."

"후작님을 관찰해서 아버지에게 보고해야 하니까 종종 들러도 되나요?"

"너, 너 그게 무슨 소리야?"

"아버지께 후작님의 행동을 보고하려면 후작님을 관찰해야 하는 건 당연하잖아."

"아니! 그래도……."

목소리를 높이려던 카롤리나는 티엘이 앞에 있는 것을 깨닫고 입을 다물고 눈을 흘기는 것으로 책망을 대신하였다.

티엘도 조용히 고개를 저어 부정적인 반응을 보였다.

"아무래도 그건 힘들 것 같군."

"그런가요."

"먼 타지에 왔으니 카롤리나와 찾아오는 건 말릴 수 없겠지."

"아, 감사해요!"

확 밝아지는 로즈와 달리 카롤리나의 표정이 어두워졌다.

"그럼."

이야기를 마친 티엘은 자리에서 일어났다.

그가 방을 벗어날 때까지 바라보던 카롤리나는 매서운 눈으로 로즈를 째려보았다.

"너 대체 무슨 생각이야."

"응? 내가 뭘?"

"왜 그런 말을 한 거냐고?"

"그럴 수도 있지, 뭘."

"이상해, 다른 생각이 있는 건 아니겠지?"

"다른 생각?"

고개를 갸웃거리며 의아한 표정을 짓는 로즈에게 카롤리나는 다른 말을 할 수 없었다.

차마 티엘을 좋아하냐고 말을 해서 긁어 부스럼을 만들 수 없었으니까.

'어느 것 하나 좋지 않아.'

그러다가 로즈가 좋아한답시고 들이대면 최악의 상황에 직면할 수 있다.

티엘은 오는 여자 안 막고 가는 여자만 막으니까.

연신 한숨을 푹푹 내쉬었지만 그 뜻을 파악하지 못한 로즈는 고개를 갸웃거릴 뿐이었다.

근래 들어 티엘은 검을 가다듬는 것 외에도 마블론의 수련 상태를 봐주고는 했다.

절대강자의 반열에 들어섰지만 그는 막 태어난 아기와 같았다. 제 스스로 어떠한 행동도 하지 못한 채 어른의 손을 기다리는 것처럼 독자적인 행동을 보이지 못했다.

본래라면 그 과정을 오랫동안 반복해서 시행착오를 거친

뒤 자신만의 경지를 만들어 나가는 것이지만 티엘은 앞길을 알려주는 길잡이 역할을 하였다.

덕분에 마블론의 경지는 하루가 다르게 발전해 나갔다.

경지가 나아가는 만큼 보는 눈도 밝아지고 있었지만 마블론은 여전히 티엘이 얼마나 대단한 인물인지 알아차릴 수 없었다.

절대강자의 반열에 올라선다면 그 끝자락을 볼 수 있을 거라 생각했지만 지금 와서 보면 그것도 아니었다.

"한 가지 묻고 싶은 것이 있습니다, 주군."

"말하도록."

"주군은 어느 정도의 경지에 도달하신 겁니까?"

"단순히 그것만 알고 싶나?"

"예. 절대강자에 오르면 주군의 경지를 일부분이나마 엿볼 수 있을 거라 생각했지만 근래 들어 그것이 제 착각이라는 걸 깨닫게 되었습니다."

담담한 표정 속에서 나오는 어투는 일말의 절망감이 섞여 있었다.

평생 정진해도 상대를 쫓을 수 없는 굴욕감.

뛰어난 기량을 지닌 마블론이기에 현실을 받아들이는 것은 더욱 힘들었다.

"절대강자라, 그것을 분류한 녀석은 대륙 제일의 얼간이가 분명하다."

"예?"

"애당초 절대강자란 경지는 없다. 마스터라는 칭호를 받은 녀석들 중에서 특출 나게 강한 자를 절대강자라 칭하다 보니 그런 경지가 만들어진 것뿐."

"그럼?"

"분명 벽은 존재한다. 하지만 그 벽은 사람마다 다르다고 할 수 있지."

그 말을 끝으로 티엘은 입을 다물었다. 마블론은 집중력을 끌어 올리며 이어질 말을 기다렸다.

"이것을 절대강자의 반열이 아닌 끝이 보이지 않는 무한의 경지라 칭할 수 있다. 앞으로 나아갈수록 끝없이 펼쳐지는 지옥과도 같은 경지지."

"무한의 경지……."

티엘이 하얗게 미소를 지어 보였다.

"빛 한 점 들어오지 않는 어둠 속을 걷는 기분이 될 것이다. 다른 사람을 따라 나아가는 것이 아닌 오로지 자신만의 경지를 개척해 나가는 것이지. 그리고 첫 관문을 돌파하게 되면 자신이 익힌 검의 극의를 이룰 수 있다."

그가 천천히 검을 들어 올렸다.

눈으로 쫓기 지루할 만큼 느린 동작이었지만 이상하게도

시선을 뗄 수 없었다.

스팟!

그리고 어느 순간, 손에 들린 검이 사라졌다.

"……!"

화들짝 놀란 마블론은 자신의 목 부근에 서늘한 감촉이 느껴지는 걸 깨닫고 몸을 뻣뻣하게 굳혔다.

'언제? 어느 순간에?'

미처 눈으로 쫓지 못한 그는 경악할 수밖에 없었다.

이것이 검사들에게 전설로 전해지는 마인드 소드라는 것을 눈치챈 것이다.

"내가 이룬 극의는 공간검이다. 내 오감이 미치는 모든 공간을 지배할 수 있지."

"…놀랍습니다."

"첫 극의를 넘게 되면 의지가 검을 지배할 수 있게 된다. 이 경지를 뛰어넘게 되면 그 다음은……."

꿀꺽.

어떤 말일지 알 수 없어 마블론은 잔뜩 긴장한 채 청각에 모든 신경을 집중했다.

"아직 알려주기에 이르군."

"어째서입니까?"

"이제 막 걸음마를 시작하는 아이에게 뛰는 법과 나는 법을 가르칠 수는 없겠지."

"그렇지요."

"더 열심히 연마하도록. 내가 원하는 수준에 도달하면 앞
길을 알려줄 수 있으니까."

"예, 주군."

"그럼 다시 수련을 시작할까."

목을 겨누고 있던 검은 어느샌가 그의 손에 들려 있었다.

마음속 깊숙한 곳에 존경심이 피어나는 것을 느끼며 마블
론은 검을 잡아들었다.

마블론과 대련을 마친 티엘은 크레티아를 찾아갔다. 달리
용무가 없지만 그녀가 임신한 뒤, 시간이 나면 찾아가서 함께
티타임을 즐기며 대화를 하곤 했다.

크레티아는 티엘과의 시간을 즐겁게 즐기고는 하였다. 임
신한 뒤, 가문 내 분위기가 기이하게 뒤틀리면서 외로움을 느
끼고는 하였다.

그런 상황에서 티엘의 방문은 마음의 의지가 되어주었다.

"몸 관리는 잘하고 있고?"

"네, 물론이죠."

"너무 무리는 하지 말고. 사람들의 기대가 큰 건 알고 있지
만 부담을 가질 필요는 없다."

"그러고 싶어요."

"세상 일이 쉽지 않기는 하지."

"네……."

그것 때문에 근래 들어 고민이 많은 크레티아였다. 친언니 같이 느껴지던 로웰린도 요즘 대하는 것이 묘하게 껄끄러웠다.

"모두 악의를 가지고 있는 것은 아니니 너무 고민하지 말도록."

"그럴게요."

"이제 몸조리를 잘해야 하는 시기니 좋은 것만 생각하고."

"네."

"필요한 것이 있으면 얼마든지 시키도록."

"풋!"

"왜 그러지?"

웃음을 흘리는 모습에 티엘이 의아함을 느끼며 고개를 갸웃했다.

크레티아는 웃음기를 지우지 못한 얼굴로 말했다.

"저는 후작님이 이렇게 걱정이 많은 분인 줄 처음 알았어요."

"걱정이 많아 보였나?"

"네, 무척요."

"그랬나 보군. 나도 아이 아빠가 되려고 하니 걱정이 많아진 건가."

"너무 걱정하지 마셔요. 보기보다 저는 강하니까요."

두 주먹을 움켜쥐면서 의지를 다지는 모습에 티엘은 고개를 끄덕였다. 전혀 영혼이 담기지 않은 반응이었다.

"믿도록 하지."

"정말이라니깐요."

"그래."

"칫!"

말로는 이길 수 없다는 걸 느낀 크레티아가 혀를 찼지만 바뀌는 것은 없었다.

자리에서 일어나 그녀를 빤히 바라보던 티엘이 이마에 입맞춤을 하며 말했다.

"너무 무리하지 말도록."

"네."

"그럼 다음에 또 들르지."

몸을 돌린 티엘이 방을 나서려고 하자 작은 목소리로 투덜거렸다.

"해줄 거면 입에 해주지……."

"원한다면."

"앗!"

티엘은 기꺼이 그녀의 바람을 들어주었다.

노르앙 후작의 잔재를 완전히 지워낸 윈스터 후작가는 명실공히 제국 최대의 세력으로 성장했다.

휘하에 전쟁 경험이 풍부한 강병이 주둔하고 있었으며, 뛰어난 인재가 곳곳에 포진하여 자신의 역량을 마음껏 발휘하고 있었다.

"아이주 지방을 공략한다고 하는군. 우리가 취해야 할 움직임은?"

로운 후작가의 움직임은 당연히 윈스터 후작가에서 예의 주시할 수밖에 없었다.

북부를 일통했다고 하나 서쪽에는 카본 대공령이 자리했고, 남쪽으로 레디븐 백작가와 헤셀 백작가가 자리하고 있었다.

세 곳에 병력이 대치하고 있는 상황인 만큼 남부의 로운 후작가 움직임이 윈스터 후작가의 숨통을 틔워줄 수도 있고, 더 답답하게 만들 수도 있었다.

"이는 헤셀 백작의 움직임을 이끌어낼 것입니다. 본가로서는 전혀 걱정할 부분이 아니라 생각됩니다."

채블린이 나서면서 자신만만하게 자신의 생각을 털어놓았다. 그리고 주변을 둘러보며 말을 덧붙였다.

"헤셀 백작의 시선이 아이주 지방으로 향한다면 남진을 해도 좋으리라 생각됩니다."

급진파에 속한 채블린은 세력을 규합하여 헤셀 백작령으로 진군할 것을 주장했다.

그것을 제지하고 나선 것은 실레반이었다.

"제 생각은 다릅니다. 아이주 지방의 진군은 헤셀 백작가를 자극하는 것이 될 것입니다. 헤셀 백작가의 움직임은 아직 본가에게 좋을 것이 없습니다."

"이유는?"

"이미 본가는 제국 최대의 가문으로 성장했습니다. 시간은 본가의 편입니다. 노르앙 후작가 잔당을 소탕한지 오래되지 않았으니 철저하게 내실을 다지면서 시기를 엿보는 것이 최선이라고 생각합니다."

그의 말이 끝나기 무섭게 실레반이 지적했다.

"여기서 더 내실을 다지게 되면 레디븐 백작가와 헤셀 백작가가 성장할 기회를 내주게 됩니다."

"꾸준히 방해 공작을 펼치고 내실을 다지는 것이 가장 현명한 방법이오."

"그것은 겁쟁이들이나 하는 짓이오."

"그만."

목소리가 높아지는 기미가 보이자 윈스터 후작이 손을 들어 제지했다.

소란은 가라앉고, 분위기가 전환되었다.

윈스터 후작의 시선이 장남 그리퍼에게 향했다.

"네 생각은 어떠냐?"

"헤셀 백작가가 어떤 움직임을 보인 것은 아니니 상황을 지켜보는 것이 좋다고 생각합니다. 본가의 힘이 가장 큰 이상 주도권은 본가의 것입니다. 어떠한 변화가 일어난 뒤 확신을 가지고 움직이는 것이 좋다고 생각합니다."

"나쁘지 않은 생각이다."

그리퍼의 말은 지극히 정론이며, 힘을 움켜쥔 윈스터 후작가가 손해 보지 않아도 되는 선택이다.

이번에는 맞은편에 선 레임에게 향했다.

"너는?"

"저는 형님과 생각이 다릅니다."

"다르다고?"

"예, 본가는 형님의 말씀대로 주도권을 움켜쥐고 있습니다. 그런 만큼 다른 가문과 달리 두려움 없이 움직일 수 있다는 장점을 가지고 있습니다. 저들의 예측하지 못한 움직임을 만들어낼 수 있는 만큼 적극적인 공세는 예상 이상의 성과를 이끌어낼 수 있으리라 믿습니다."

정면으로 반박하는 말을 내놓자, 그리퍼가 날카로운 눈으로 노려보았다.

레임은 코웃음을 치면서 고개를 돌렸다.

윈스터 후작가의 힘이 커지면서 가문은 1공자인 그리퍼와 2공자 레임을 지지하는 파벌로 나뉘고 있었다.

그것을 모를 윈스터 후작이 아니었지만 아직까지 후계 구도를 명확하게 가져가지 못했다.

보수적인 그리퍼는 확실하게 가문의 세를 이끌어 나갈 수 있었고, 급진적인 레임은 가신들의 역량이 받쳐주면 난세를 평정할 수 있는 재능을 지니고 있었다.

어느 것 하나 버리기 힘든 만큼 선택이 망설여질 수밖에 없었다.

"흐음, 질렛."

"하명하십시오, 주군."

"그대의 생각을 말하도록."

"예."

윈스터 후작의 선택에 그리퍼 측의 표정은 밝아졌고, 레임 측의 표정은 눈에 띄게 어두워졌다.

제1책사인 질렛은 실레반과 함께 그리퍼를 지지하는 인물이었다.

잠시 생각에 잠겨 있던 그는 자신의 생각을 털어놓았다.

"이번 기회에 두 공자님에게 임무를 맡겨보시는 것이 어떻

습니까?'

"임무라?'

"그렇습니다. 두 공자님 모두 훌륭한 역량을 지니고 계시며, 그 재능을 보좌할 인물들을 거느리고 있습니다. 이 기회에 주군께서 공자님들의 재능을 살펴볼 기회를 만드는 것이 어떨까 싶습니다."

"나쁘지 않군. 어떤 생각을 갖고 있지?'

"현재 접한 두 곳에 공자님들이 각각 임무를 수행하게 하는 것입니다."

"자세히 말하도록."

턱을 쓰다듬는 윈스터 후작의 표정에는 흥미로움이 가득했다.

"그리퍼 공자님은 레디븐 백작가와 카본 대공을, 레임 공자님은 헤셀 백작을 담당하도록 하는 것입니다. 각각 오만의 군을 통솔하게 하여 성과를 보이게 하면 후계 구도를 확립하는데 도움이 되지 않을까 싶습니다."

"……."

질렛의 말에 그리퍼 측은 멍한 표정을, 레임 측은 환한 표정을 지었다.

어느 한쪽에 치우치지 않은 공평한 계책이었던 것이다. 더군다나 헤셀 백작가를 담당하게 되면 공을 세울 기회는 더욱 늘어난다.

"나쁘지 않군. 그리퍼, 레임. 질렛의 말을 받아들일 생각이 있나?"

"최선을 다하겠습니다, 아버님!"

자신만만하게 대답하는 레임이었다.

윈스터 후작의 시선이 그리퍼에게 향했다.

"너는?"

"맡겨주시면 최선을 다하겠습니다."

"그럼 결정하도록 하지."

질렛의 발언으로 후계 구도가 본격적으로 수면 위에 올라오는 순간이었다.

그날 저녁, 실레반은 질렛의 거처로 찾아갔다.

"어떤 의도인지 물어봐도 되겠습니까?"

"순리에 따랐을 뿐이다."

"순리라고 해도 그리퍼 공자님에게 불리합니다."

이번 경쟁은 그리퍼에게 불리했다. 당장 움직여도 이상하지 않을 것은 헤셀 백작이었고, 어떻게 움직이느냐에 따라 올릴 수 있는 성과는 무궁무진했다.

그에 반해 그리퍼가 향하는 곳은 아직 대치 상황도 이루어지지 않은 카본 대공과 레디븐 백작이었다.

"우리가 그리퍼 공자를 지지한다고 해도 과정에 있어 공정함을 잊어버려서는 곤란하다."

"예."

"그리고……."

"……?"

"레임 공자는 채블린의 지원을 받고 있지. 그는 너를 뛰어넘기 위해 다방면으로 노력하고 있다."

"알고 있습니다."

체스너가 자신을 신경 쓰고 있는 것은 예전부터 눈치채고 있었다. 그것이 다소 거슬리기는 하지만 크게 침범하는 선이 아니기에 다른 말을 하지는 않았다.

"성과에 급한 자는 필연적으로 실수를 저지르게 마련."

"무슨 뜻인지 알겠습니다."

질렛이 말하는 것이 무엇을 의미하는지 뻔했다.

성과에 급한 체스너와 형을 뛰어넘어야 하는 레임.

그들은 나름대로 신중을 기한답시고 움직이겠지만 그 노림수에 순순히 당할 헤셀 백작이 아니었다.

"튼튼한 뿌리를 내리기 위해 작은 희생은 불가피한 법. 명심하도록."

"예."

그제야 실레반은 안심하고 미소를 지을 수 있었다.

그윈이 이끄는 삼만의 대군은 무사히 아이주 지방으로 착륙했다.

삼만의 대군이 일 년 동안 지낼 수 있는 군수품이 차곡차곡 쌓이기 시작했고, 모든 정비를 마치는 데 꼬박 일주일을 소모한 그윈은 삼만의 군을 통솔하여 진군을 시작했다.

목적지는 로운 후작가에 호의적인 반응을 보이는 클리쉬 남작가였다.

오래전부터 수적에게 시달렸던 그들은 강에서 보다 강한 영향력을 발휘하는 로운 후작가 휘하에 들기를 오래전부터 희망했다.

풍요로운 클리쉬 남작령은 발전의 잠재력이 풍부한 곳이지만 곳곳에 노리는 적이 많아 바람 잘 날이 없는 곳이었다. 그런 만큼 이번 로운 후작가의 원정군은 클리쉬 남작에게 있어 가뭄의 단비와도 같았다.

"환영합니다, 그윈 경."

"반갑습니다, 클리쉬 남작님."

"오시느라 고생하셨습니다. 만찬을 준비했으니 안으로 드시길."

"사양하지 않겠습니다."

이 모든 것이 가문을 위한 일이고, 그윈은 오랜 이동에 지친 부하들을 달래줄 필요가 있었기에 성대하게 상을 차려 배불리 지낼 수 있게 하였다.

"이곳까지 오느라 고생하셨습니다. 다시 한 번 감사의 인사를 드립니다."

"주군의 명을 따라 이곳에 온 것이니 더 이상 걱정하지 않으셔도 됩니다."

"하하! 물론입니다."

클리쉬 남작은 깍듯하게 예를 갖춰 그윈을 대하였고, 처음에는 그것이 불편했지만 어느 정도 익숙해지면서 자연스럽게 대할 수 있었다.

"앞으로의 계획이 어떠신지 물어봐도 되겠습니까?"

"거창하게 세워놓은 것은 없습니다. 계획이라면 군을 이끌고 아이주 지방을 돌면서 확실하게 주군의 휘하에 들 것을 맹세하게 할 것입니다."

"그렇습니까? 그럼 아이주 지방은 로운 후작 각하의 휘하에 들겠군요."

"그리 될 거라 생각합니다."

"다행입니다. 걱정이 많았는데."

안도의 한숨을 푹 내쉬는 그를 보며 그윈이 위로의 말을 건넸다.

"그동안 보내준 지지는 가문에서 잊지 않고 있습니다. 안

심하고 맡겨주시길.”

“예, 당연합니다. 더 드시지요. 오늘 작정하고 준비했으니 코가 삐뚤어지게 마시고 싶습니다.”

“바라던 바입니다.”

둘은 술잔을 주고받으면서 거나하게 취해갔다.

술자리가 깊어지고, 취한 그윈도 거처로 돌아갈 무렵, 부관이 다가와 조심스럽게 말을 건넸다.

“사령관님.”

“혹시 모르니 무장을 갖추고 잠에 들도록 조치를 취하게.”

“예.”

클리쉬 남작령으로 들어온 첫날이었다. 대비책을 갖추라는 말에 부관의 표정이 굳어졌다.

“표정을 굳히지 말고, 들킬 생각인가?”

“…죄송합니다.”

“경계조를 세우도록.”

“알겠습니다.”

“상황이 어떻게 진행될지 모르니 방심하지 말도록.”

삼만의 대군이기에 병사 대부분이 성 밖에 주둔하고 있는 상황이었다.

부관은 그윈의 말에 표정을 굳힌 채 고개를 끄덕였다.

“명을 받들겠습니다.”

"실수하지 말고."

비틀거리는 발걸음으로 움직인 그원은 클리쉬 남작이 마련해 준 방에 들어가 곯아떨어졌다.

그 시각, 클리쉬 남작은 한 남자와 대면하고 있었다.

같이 술을 마셨지만 술을 깨는 마법약을 마신 그는 멀쩡했다.

클리쉬 남작 맞은편에는 날카로운 눈매의 중년인, 카미엘 자작이 자리하고 있었다.

"준비는?"

"완벽합니다."

"많이 취했나?"

"예."

"뛰어난 기사는 짧은 시간에 취기를 몰아낼 수 있지. 단숨에 신병을 확보하고 삼만의 군을 사로잡을 포위망을 갖추도록."

"알겠습니다. 그런데 약속한 것은……."

"물론 약속은 이행될 것이다. 클리쉬 남작령은 헤셀 백작 각하의 직속으로 들어갈 것이고, 인근 영지 두 곳을 합병시켜 자작의 작위로 승작시켜 주지."

오래전부터 로운 후작가를 지지해 온 클리쉬 남작이었지

만 오랜 무관심에 지칠 대로 지쳐 있는 상황이었다.

그런 상황에서 헤셀 백작가의 제안은 달콤하기 그지없었다.

그는 그윈을 대접하는 자리를 이용, 삼만의 대군을 일거에 소탕할 계획을 세웠다.

"감사합니다."

"사로잡기 힘들면 죽여도 좋으니 확실하게 처리하도록."

계책을 실행하는 카미엘 자작은 하얗게 웃음을 지었다.

그윈은 죽은 듯이 잠에 빠져들어 있었다. 그가 잠든 방 안으로 검은 그림자 여럿이 은밀하게 안으로 진입했다.

발걸음을 죽이고 조금씩 다가가면서 사방으로 포위망을 구축했다. 그리고 덮고 있는 이불을 향해 손을 뻗으려는 찰나, 푸른 섬광이 뿜어지면서 그림자를 덮쳤다.

스팟!

"크아악!"

"뭐, 뭐냐!"

"막아!"

침입자들은 당황하여 목소리를 높였지만 이불을 박차고 모습을 드러낸 그윈은 검을 든 채 침입자를 주시하고 있었다.

"역시 다른 꿍꿍이가 있었군."

"어, 어떻게?"

"수면제를 탔다고 해서 내게 효과가 있을 거라 생각했나?"

치이익!

그윈의 몸 주변으로 타들어가는 소리가 들려오면서 술기운이 발산되었다.

그와 함께 술에 취해 어눌해져 있던 목소리가 점차 원래대로 돌아오고 있었다.

침입자를 바라본 그윈의 눈은 싸늘하게 식어 있었다.

"토릭슨 군사의 말이 맞았군."

아이주 지방으로 향하기 전, 그윈은 토릭슨에게 한 가지 사실을 당부받았다.

그것은 바로 클리쉬 남작의 배신 사실이었다.

아이주 지방을 예의주시하고 있던 토릭슨은 클리쉬 남작이 헤셀 백작가의 손님과 여러 차례 만난 정황을 포착했고, 자금이 흘러들어 간 것을 확인했다.

그 사실을 알고 있었음에도 아이주 지방으로 향하는 원정군의 주둔지를 그곳으로 정했다.

토릭슨이 눈치챈 것을 모르는 클리쉬 남작은 반갑게 받아들였다.

모든 것이 함정이었던 것이다.

단지 물린 것이 클리쉬 남작일 뿐.

"내 손속에 자비를 바라지 마라."

쉭!

그원의 검이 허공을 가르면서 단숨에 침입자들을 베어나 갔다.

엑스퍼트의 경지에 오른 클리쉬 남작가 기사들은 속절없이 당할 수밖에 없었다.

"막아!"

어떻게든 그원의 전진을 가로막으려고 했지만 부질없는 외침이었다. 검에 베인 침입자는 모조리 목숨을 잃고 바닥에 쓰러졌다.

그와 동시에 요란한 비상경종이 울려 퍼졌다.

땡땡땡!

"시작됐군."

검을 든 그원이 밖으로 나오니, 함께 저택으로 들어온 휘하 기사들이 쏟아져 나왔다.

"지금부터 클리쉬 남작을 사로잡는다."

숫자는 현격한 열세였지만 그원의 어조에는 자신감이 넘쳤다.

그가 저택으로 이끌고 온 서른 명의 기사는 로운 후작가의 정예 기사였다.

뿐만 아니라 앞장 서는 그원의 실력은 세간에 알려진 것보다 훨씬 뛰어났다.

마블론, 렉스터 남작에게 참혹할 정도로 당하면서 향상된 실력은 이미 마스터 경지에 도달해 있었다.

하지만 그 사실은 가문의 몇몇 인물을 제외하고 누구도 알지 못했다.

그렇기에 무모하다고 할 수 있는 이번 작전을 수행할 수 있게 된 것이다.

지금쯤 신호를 받은 삼만의 군이 포위망을 구축하려는 적을 각개격파하고 있을 것이다.

"진영을 구축하고 내 뒤를 따르도록."

빠른 속도로 전진하는 그윈의 뒤를 따라 기사들이 저택을 누비기 시작했다.

그윈이 종횡무진 누비며 검을 휘두르자, 클리쉬 남작가 기사들은 이렇다 할 반항을 하지 못한 채 쓰러졌다.

몇몇 병사들은 활을 쏘려고 했지만 가문의 기사들과 뒤엉켜 있어 감히 움직이지 못했다.

병사들이 구축한 진영 뒤쪽에서 클리쉬 남작이 하얗게 질린 표정으로 몸을 떨고 있었다.

"클리쉬 남작!"

"크아악!"

그윈의 외침과 함께 기사 한 명이 피를 흩뿌리며 쓰러졌다. 동시에 강렬한 기세가 사방으로 폭사했다.

콰콰콰콰!

"히, 히익!"

그는 지금 돌아가는 상황이 어떤 것인지 감을 잡을 수가 없었다.

분명 계획은 완벽했고, 차질 없이 수행되고 있었다.

그윈을 비롯한 휘하 기사들은 술에 취해 잠들었고, 그들을 사로잡기 위해 침투조를 진입시켰다.

하지만 드러난 결과가 바로 그것이었다.

그윈이 이끄는 기사는 단 한 명도 사로잡히지 않았고, 오히려 각개격파가 되면서 기사 전력의 열세를 겪게 되었다.

그리고 알려진 것보다 그윈의 실력은 더 뛰어났다.

로운 후작의 동생과 결혼하여 총사령관을 맡았다는 소문이 무색할 정도로 앞장서서 검을 휘두르는 모습은 두려움에 사로잡히게 만들었다.

"헤셀 백작가와 손을 잡은 걸 모르고 있을 줄 알았나."

"그, 그걸 어떻게?"

"자기 죄를 고백했군."

싸늘하게 얼어붙은 그윈의 목소리에 클리쉬 남작은 이성을 잃고 외쳤다.

"힉! 죽여! 활을 쏴!"

"하, 하지만 기사님들이⋯⋯."

"닥쳐! 활을 쏘라고!"

악다구니 쓰는 클리쉬 남작의 외침에 병사들은 하는 수없이 화를 쏘기 시작했다.

피빙! 피비빙!

"눈에 뵈는 것이 없군."

사정없이 아군에게 활을 쏘는 모습을 보며 눈살을 찌푸린 그원은 풍차처럼 검을 휘두르며 모조리 튕겨내기 시작했다. 그리고 한 걸음씩 앞으로 나아가자, 하얗게 질린 클리쉬 남작의 목소리가 더욱 커졌다.

"쏘라고! 쏘란 말이다!"

"허튼 반항이다."

"으아아아!"

비명을 지르면서 허겁지겁 도망치는 클리쉬 남작을 따라 병사들이 단단하게 방어진을 구축하고 있었다.

그 모습을 보고 가볍게 한숨을 내쉰 그원은 의식을 집중하여 검에 오러를 생성했다.

쓰쓰쓰!

푸른 기운이 검을 타고 뻗어나가면서 선명한 날을 형성했다.

그것을 본 기사의 입에서 비명이 터져 나왔다.

"오, 오러 블레이드?"

"마스터!"

대단한 무위를 보이기는 했지만 그원이 마스터라니!

경악이 번져 나가면서 전의가 꺾여 나갔다.

일반 기사 백 명이 와도 상대하기 힘든 것이 마스터였다. 그런 초인을 이 자리에서 상대하는 것은 죽음을 재촉하는 행동에 지나지 않았다.

병사들의 전의도 한 풀 꺾였다.

목숨을 바쳐 클리쉬 남작을 지키겠다는 의지가 보였지만 마스터임이 드러난 이상 개죽음 그 이상 그 이하도 아니었다.

"계속할 것인가."

"……."

그원이 말했지만 누구도 대답하지 않았다.

가볍게 눈살을 찌푸린 그는 오러 블레이드가 실린 검을 휘둘렀다.

쾅과과광!

적중된 벽은 모래처럼 허물어졌다. 검에 닿는 순간 모두 이 꼴을 면하지 못한다는 무언의 시위였다.

"순순히 항복하라, 클리쉬 남작."

"목숨, 목숨은 살려주시는 것이오?"

끝까지 제 목숨을 건사하려는 행동에 눈살을 찌푸렸지만 바깥 상황을 살펴야 했던 그윈은 고개를 끄덕였다.

"물론이다."

"항복하겠소."

철그렁.

클리쉬 남작이 말하기 무섭게 곳곳에서 무기를 떨어뜨리는 소리가 들려왔다. 필사적으로 무기를 겨누고 있었지만 전의가 꺾인 이상 어떠한 반항도 무의미했다.

감정이 담기지 않은 눈으로 클리쉬 남작을 바라보니, 그의 몸이 사시나무처럼 떨렸다.

변절한 자와 눈도 마주하기 싫었던 그윈은 휘하기사들에게 명령을 내렸다.

"모두 포박하고 감시하도록."

빠르게 기사들을 무력화시키고 클리쉬 남작을 포박시키는 것을 보며 그윈은 지체하지 않고 저택을 벗어나 성 밖으로 향하기 시작했다.

제5장

물고 물리고

"누구냐!"

성문에 도달하니, 경계 태세를 갖추고 있는 병사들이 무기를 겨누었다.

쓰쓰쓰!

그윈은 다른 말을 하지 않고 검을 들어 오러 블레이드를 생성하였다.

그리고 단숨에 굳게 잠겨 있는 성문을 향해 휘둘렀다.

콰과과광!

커다란 바위와 두터운 성문이 단숨에 갈라졌다. 그윈이 몇 차례 검을 더 휘두르자, 산산조각 나면서 밖의 풍경이 고스란히 드러냈다.

"예상대로군."

그윈이 성을 나설 무렵, 상황은 그가 생각한 대로 전개되고 있었다.

미리 명령을 내려놓았기에 충실히 수행하여 접근하는 적군을 몰아치고 있었다.

빠른 속도로 주둔지에 도달한 그윈이 경계망을 뚫고 중앙 지휘부로 들어왔다.

"상황은?"

"접근한 일만의 적을 추적하고 있습니다."

부관의 설명이 계속해서 이어졌다.

일만의 군대가 포위망을 구축하고 있었다는 것. 미리 대비하고 공격을 감행하였기에 우왕좌왕하다가 사방으로 흩어져서 후퇴하고 있다는 내용이었다.

그 말을 듣고 잠시 생각에 잠겨 있던 그윈이 고개를 저어 후퇴 명령을 내렸다.

"무리하게 뒤쫓다가 역공을 당할 수 있으니 되돌리도록."

"알겠습니다."

"추적을 중지하고 성을 공략한다."

"하지만 피해가 클 것입니다."

잦은 외침으로 클리쉬 남작령의 방비는 상당히 뛰어났다. 삼만의 군을 이끌고 왔지만 성을 점령하기 위해선 상당한 피해를 각오해야 했다.

"걱정하지 말도록."

부관을 안심시킨 그윈은 무선 통신구를 들어 말을 전달했다.

"성문을 개방하고 병사들의 무장을 해제하도록 지시해라."

"사령관님, 그것은⋯⋯."

"클리쉬 남작을 사로잡았다. 피해 없이 성을 점령할 수 있을 것이다."

"그렇습니까? 정말 대항입니다."

피해를 걱정하던 부관의 표정이 밝아졌다.

잠시 후, 성문이 열렸고, 그윈이 이끄는 삼만의 군대는 성 안으로 진입하여 빠른 속도로 도시를 장악하기 시작했다.

"실패입니다."

쾅!

파리하게 질린 전령의 보고에 카미엘 자작이 표정을 와락 구기며 탁자를 내리쳤다.

살벌하게 빛나는 그의 눈동자에 전령은 잔뜩 긴장했다.

"이유는?"

"미리 알고 대비한 듯싶습니다."

"미리 알고 있었다고?"

"그게 아니면 지금 상황이 설명되지 않습니다."

"이놈들이……."

이를 바득바득 가는 카미엘 자작의 표정은 처참하게 일그러져 있었다.

클리쉬 남작령에서 실행된 작전은 대실패였다.

이만에 가까운 군을 동원했지만 얻은 소득은 하나도 없는 실패였다.

포위망을 구축하던 도중, 기습 공격을 당하여 오천이 넘는 병사가 죽거나 다쳤다.

유인책을 펼쳐 포위 공격을 펼치려고 했지만 귀신같이 빠져나간 뒤 성을 장악했다.

당시 성 밖으로 없었다면 사로잡혔을 만큼 신속한 움직임이었다.

"저들의 움직임은?"

"현재 성안에 틀어박혀 어떤 움직임도 보이지 않고 있습니다."

"큭!"

높은 성벽인 클리쉬 남작령은 함락시키기 어려운 요새 중

하나였다.

오천이 넘는 병력을 잃은 지금, 저들보다 적은 수의 병력으로 성을 함락시키는 건 불가능했다.

"군을 정비하도록. 다른 영주들의 병력을 규합하여 칠 것이다."

"예."

아이주 지방에서 두 가문의 군대가 충돌한 것은 삼시간에 제국 전역으로 퍼져 나갔다.

확고한 구도가 편성된 뒤, 벌어진 첫 충돌이었기에 그 여파는 만만치 않았다.

"역시 예상대로군."

토릭슨은 그윈에게 전해진 보고를 받고는 고개를 끄덕였다.

클리쉬 남작의 배신은 사실이었고, 헤셀 백작가의 군대는 예상대로 움직였다.

하지만 대승을 거뒀지만 아직 안심할 수 있는 수준은 아니었다.

카미엘 자작이 이끄는 군은 이만오천에 달했고, 헤셀 백작에게 동조하는 귀족들의 병력을 합치면 숫자의 우위는 역전될 수 있었다.

어려운 전쟁이 될 예정이었지만 토릭슨은 크게 개의치 않았다.

"그윈 경의 역량이 있으니."

헤인조 남부 지방에서 보여준 역량은 나이를 뛰어넘는 재능이 존재했다.

그의 통솔력이라면 충분히 카미엘 자작을 물리치고 아이주 지방을 장악할 것이라 믿어 의심치 않았다.

현장에 있는 것이 아닌 이상 작전 수립을 하는 것은 한계가 존재할 수밖에 없었다. 토릭슨의 시선은 아이주 지방이 아닌 헤셀 백작가에 고정되어 있었기에 그들의 추가적인 움직임을 예상해야 했다.

"보완해야 할 점이 있습니까?"

"딱히 없습니다."

"저도 마찬가지입니다."

"후우."

동의를 표하는 클리멘트 남작과 제이론의 모습에 토릭슨은 가볍게 숨을 몰아쉬었다.

그들의 동의가 아니었다면 작전을 수행함에 있어 차질을 빚을 수밖에 없었다.

제이론이 토릭슨을 살피면서 조심스럽게 말을 꺼냈다.

"형님의 걱정이 무엇인지 알고 있지만 너무 과해서는 좋을 것이 없습니다."

"내가 무리하고 있는 것처럼 보였나 보군."

"예, 개인적인 감정은 이해하지만 너무 급하게 가면 좋을 것은 없습니다."

"참고하지."

"감사합니다."

"날 위해서 해주는 말이란 것 정도는 알고 있으니까."

제이론을 향해 토릭슨은 미소를 지어 보였다. 헤셀 백작가의 세력을 꺾기 위해 밤낮을 가리지 않고 고민하는 모습을 보여주었기에 자신이 충분히 무리하고 있다는 것을 알고 있었다.

그 광경을 조용히 바라보고 있던 클리멘트 남작이 입을 열었다.

"에조 남작님께서는 헤셀 백작가의 멸망을 원하고 계십니까?"

"예, 가능하면 제 손으로 멸망시키고 싶습니다."

"그렇다면 제가 도와드려도 됩니까?"

"남작님께서?"

"헤셀 백작가는 식량 소출이 풍부한 지역에 자리하고 있습니다. 그곳을 차지할 수 있다면 가문의 힘은 완숙한 경지로 나아갈 것입니다."

"하지만……."

토릭슨은 쉬이 대답을 할 수 없었다.

헤셀 백작에 의해 가문이 멸망당하고 복수를 위해 달려왔다. 자신의 손으로 멸망시키고 싶었고, 가문의 힘이라면 충분히 가능하다는 생각이 들었다.

그러나 그것은 어디까지나 자신의 개인적인 감정일 뿐이다.

가장 중요한 것은 가문의 이익이었다. 그런 의미에서 헤셀 백작가의 멸망은 당장 중요한 수순이 아니었다.

"에조 남작님이 무슨 생각을 하고 있는지 알고 있습니다. 하지만 때론 과감한 선택이 더 큰 이익을 가져다줄 수 있습니다."

"아직 잘 모르겠습니다. 가문의 이익에 반하는 행동이라서인지, 아니면 제 손으로 복수를 하고 싶어서인지 결론을 내리기 힘듭니다."

"그렇습니까? 그럼 우선 제가 세운 계획을 들어보시겠습니까?"

"고견을 들려주십시오."

"예."

클리멘트 남작은 헤셀 백작가를 상대할 방안을 설명하기 시작했다. 듣고 있던 토릭슨과 제이론의 눈이 빛났고, 각자 의견을 덧붙이면서 치열한 토론을 벌였다.

관찰하겠다고 선언한 이후, 로즈는 카롤리나를 따라 끈덕지게 티엘을 찾고는 했다.

처음에는 대수롭지 않게 생각했지만 시시콜콜한 이유로 찾는 빈도가 늘어나면서 티엘도 은근히 귀찮음을 느끼고 있었다.

"카본 대공을 찾아가 담판을 내라?"

"네, 언제까지 로즈가 그렇게 행동하게 둘 수 없다고 생각해요."

"흐음."

"부탁드릴게요. 로즈의 행동도, 카본 대공 전하의 의도도 더 이상 지켜봐서는 안 된다고 생각해요. 편지라도 좋아요."

"무슨 뜻인지 알겠다."

카롤리나가 이렇게 말을 할 정도면 숨은 의도가 있을 것임이 분명했다.

하지만 티엘은 그것을 묻지 않고 순순히 수락했다.

"고마워요."

"아니, 자주 찾아오는 것이 귀찮던 참이니까."

"죄송해요. 제가 괜히 데려와서……."

친한 친구였지만 자각이 느린 로즈의 행동은 무례라고 봐도 무방한 것이었다. 카롤리나는 민망한 표정을 지으면서 고개를 숙였다.

"딱히 문제가 되는 건 아니니까."

"그런가요?"

"그렇다고 봐도 무방하겠지."

"그래도 감사드려요."

"아아."

티엘이 내린 결정은 카본 대공에게 편지를 보내 로즈를 돌려보내겠다는 내용이었다. 이유는 현재 헤셀 백작가와 분쟁을 벌이고 있으니 로즈의 안전에 만전을 기하기 위함이라는 핑계였다.

편지 하나로 때우려고 했던 티엘은 얼마 후 전해진 편지를 받고 생각을 달리하게 되었다.

그의 앞으로 보낸 작성자는 바로 클레디오 백작이었다.

처음에는 대수롭지 않은 표정이었던 그는 안의 내용을 보고 표정을 굳혔다.

"한번 가봐야겠군."

"허억! 헉! 헉!"

클레디오 백작은 거친 숨을 몰아쉬면서 몸을 지탱했다. 비오듯 땀이 흘러내렸지만 닦아낼 여유는 존재하지 않았다. 조금이라도 집중력이 흩어지면 당장이라도 치고 들어올 듯한 블랙 드래곤의 유혹은 그를 괴롭게 만들었다.

[받아들여라, 받아들이면 편해질 것이다.]

"크으으!"

치명적인 목소리는 머릿속 깊숙한 곳으로 파고들어 정신을 혼미하게 만들었다.

어떻게든 견뎌내려고 했지만 힘을 향한 유혹은 단계를 뛰어넘은 힘을 발휘했다.

처음에는 어렵지 않게 버텨냈지만 카를렌스는 권능을 발휘하여 클레디오 백작의 정신을 하나씩 무너뜨리기 시작했다.

초인의 정신력은 그것을 필사적으로 견뎌내게 만들었지만 그럴수록 피폐해져만 갔다.

온종일 연무장에 틀어박혀 드래곤의 유혹을 견뎌내는 그를 걱정한 하멜 남작과 카르딘 남작이 참지 못하고 연무장으로 들어와 그를 부축했다.

"주군! 괜찮으십니까!"

"주군! 정신 차리십시오, 주군!"

"나는, 나는 괜찮다."

"전혀 괜찮아 보이지 않습니다. 대체 이게 무슨 일입니까, 주군!"

하멜 남작이 울부짖듯 목소리를 높였다.

깡마른 몸과 퀭한 눈, 힘이 하나도 담기지 않은 몸놀림은 폐인 그 자체였다.

괜찮다고 말을 해도 납득할 수 있는 수준이 아닌 것이다.

부하들의 외침에도 클레디오 백작은 조용히 고개를 저어 보일 뿐이었다.

"괜찮으니 문제를 크게 만들지 마라. 나는 괜찮다."

"주군……."

"조만간 로운 후작에게 소식이 올 것이다. 그것을 내게 전하면 된다. 너희는 나가 있도록."

"하지만!"

"나가 있어라, 너희마저도 날 힘들게 만들 것인가?"

하멜 남작이 재차 클레디오 백작을 만류하려고 했지만 손을 낚아채고 고개를 젓는 카르딘 남작을 보고 더 이상 우길 수 없었다.

한숨을 푹 내쉰 하멜 남작은 정중히 예를 취해 보였다.

"몸을 생각하시길."

"…물론이다."

둘이 밖으로 나가고, 홀로 남은 클레디오 백작은 연무장에 주저앉았다.

[힘들면 내게 모든 것을 맡기라. 너를 편하게 만들어주고, 네게 힘을 주겠다.]

"네놈의 뜻대로 되지 않을 것이다."

[크흐흐! 그 기개, 마음에 드는군.]

음산한 카를렌스의 웃음소리에 클레디오 백작은 이를 지그시 깨물었다.

중앙 정계의 혼란을 수습하던 레디븐 백작가는 아이주 지방의 두 가문 충돌 소식을 전해 듣고 카이후와 제이안을 불러들였다.

"두 가문의 충돌에 대해 어떻게 생각하지."

그 질문을 기다리기라도 한 것처럼 제이안이 먼저 입을 열었다.

"이미 예견된 상황입니다. 로운 후작가와 헤셀 백작가 모두 아이주 지방에 눈독을 들이고 있던 만큼 승자가 나타날 때까지 충돌은 벌어질 것입니다."

"그리고 승자는 로운 후작가가 될 테지."

"예, 군의 규모는 같지만 역량을 기울일 수 있는 크기가 다릅니다. 헤셀 백작가는 본가와 윈스터 후작가를 경계해야 하는 만큼 아이주 지방에 온전히 힘을 쏟지 못할 것입니다."

"그럼 우리가 해야 할 일은?"

"관망입니다."

"관망? 그게 최선이라고?"

의아한 표정을 지으니 제이안이 힘차게 고개를 끄덕였다.

"예, 어설픈 개입은 로운 후작의 경계심을 일으킬 것입니다. 그가 일으킨 일을 겪어보시지 않았습니까."

"아주 쓴 경험이었지."

레디븐 백작의 입가에 쓴 미소가 걸렸다.

티엘을 황도로 초청하여 승작연을 열 때 친한 척을 하여 정치적인 입장을 도모하려고 했다.

계획은 성공적이었다. 어느 정도 친밀한 모습을 보임으로써 정계의 귀족들에게 어필하는 데 성공했으니까.

하지만 문제는 그다음이었다.

그는 다가오는 게스틴 후작과 친밀한 모습을 보였고, 이는 정계에 커다란 파문을 낳았다.

효율적으로 권력을 휘어잡으려고 했지만 오히려 역풍을 맞은 셈.

그것을 수습하느라 고생했던 것을 떠올리면 지금도 가슴이 서늘해지고는 했다.

"오히려 전화위복이 되었습니다."

"덕분에 두 명의 절대강자를 움직일 수 있게 되었으니 손해 보는 장사는 아니었지."

카본 대공과 하브리스 공작은 레디븐 백작이 쓸 수 있는 최고의 패였다.

두 명의 절대강자가 보조를 맞춘다면 그 어떤 가문도 무너뜨릴 수 있을 터였다.

"그대도 관망하는 것을 추천하나?"

"예, 그렇습니다."

"그렇군. 관망이라, 따로 해야 할 일은?"

"없습니다. 지금은 그저 상황을 살피시고 역량을 키우는 것이 최선, 주군이 넘어야 할 상대는 로운 후작가보다 윈스터 후작가입니다."

"……."

윈스터 후작가의 언급에 레디븐 백작의 눈이 차분하게 가라앉았다.

제국의 정점을 꿈꾸는 그에게 있어 윈스터 후작은 반드시 넘어야 할 대상이었다.

한때 절친한 사이였다고 하나 어디까지나 과거의 관계일 뿐, 윈스터 후작가는 반드시 지워 버려야 할 타도의 대상에 불과했다.

"신이 생각하길, 이번 두 가문의 충돌로 윈스터 후작가에서 움직임을 보일 것입니다."

"헤셀 백작가의 빈틈을 노린다는 건가."

"예, 그리고 그것은 필연적으로 틈을 만들어낼 것입니다."

"틈이라……."

철옹성 같은 윈스터 후작가도 근래 들어 후계 문제로 서서

히 내분의 불길에 휩싸이고 있었다.

이것은 절호의 기회.

잠시 생각에 잠겨 있던 레디븐 백작이 결정을 내리고 명령했다.

"그 부분에 대한 보고서를 작성해 오도록. 윈스터 후작가를 살피고, 빈틈을 노린다."

"예, 주군."

클레디오 백작의 편지를 받고 황도로 떠날 준비를 하던 티엘은 갑작스러운 토릭슨의 방문에 의아한 표정을 지었다.

"아이주 지방으로 가고 싶다고?"

"예."

"어째서지?"

"제가 벌인 작전을 제가 수행하기 위함입니다."

"사령관인 그원을 믿지 못하겠다는 것으로 해석해도 되나."

"그런 것은 아닙니다. 단지 계책이 수정될 부분이 있어서입니다."

"수정?"

"그렇습니다. 주군께서는 헤셀 백작령을 점령하는 것을 어떻게 생각하십니까?"

진지한 토릭슨의 물음에 잠시 생각에 잠겨 있던 티엘은 표정을 찌푸리며 고개를 저었다.

"…귀찮은 일이 늘어나겠지."

"하지만 가문의 역량은 늘어나게 될 것입니다."

"그만큼 일도 늘어나게 되겠지. 가문의 힘이 커지는 것은 나쁜 일이 아니지만 헤셀 백작령을 집어삼키면 탈이 날 걸 알텐데."

"예, 하지만 가문이 더 높은 곳으로 비상할 수 있는 수단이 될 수 있습니다."

"그걸 위해 가겠다는 건가. 귀찮은 일이지만 귀찮은 적을 처리하는 일이로군."

티엘은 미간을 지그시 모은 채 생각에 잠겼다. 분명 귀찮은 일이지만 헤셀 백작이 귀찮은 인물이라는 것은 두말이 필요 없다.

다만 헤셀 백작령을 집어삼키려고 하면 레디븐 백작가나 윈스터 후작가가 그것을 순순히 용납할지 의문이었다.

"네 뜻에 맡기도록 하겠다. 좋은 결과를 기대하지."

"허락해 주서서 감사합니다, 주군."

토릭슨이 힘차게 외쳤다.

"이 정도면 되었겠지."

토릭슨의 아이주 지방행을 허락한 티엘은 황도로 향할 준비를 마칠 수 있었다.

　이 사실을 알고 있는 이는 극소수였고, 구체적인 이유를 알고 있는 것은 카롤리나가 유일했다.

　하지만 황도로 향하는 것은 표면적인 이유였다. 티엘이 최우선적으로 할 일은 클레디오 백작령을 찾아가 그를 만나는 것이었다.

　"본체에 타격을 입었음에도 금방 회복했다는 뜻으로 봐야겠지. 제법이군."

　클레디오 백작이 정신의 상당 부분을 잠식당한 것은 블랙 드래곤 카를렌스의 역량을 온전히 파악하지 못한 자신의 탓이었다.

　좀 더 큰 힘을 발휘하여 타격을 입혔다면 재기하는 데만 힘을 쏟아야 했을 터.

　힘의 강약을 조절한 것이 자신의 실수였다.

　단순한 변덕이었다.

　진심으로 힘을 발휘했다면 카를렌스가 본신의 힘을 잃을 정도로 몰아붙일 수 있었지만 그리 되면 드래곤 하트가 깨지면서 클레디오 백작의 몸도 같이 부서지는 현상이 일어날 수 있었다.

　"숙주로 강림을 하게 되면 골치가 아프겠지."

카를렌스가 쉬이 포기하지 못할 만큼 클레디오 백작의 단련된 육체는 드래곤의 힘을 담아내기에 최고의 그릇 역할을 할 수 있었다.

자신이 저지른 일이니 해결하는 것도 자신이다.

이제는 자신의 행동으로 인해 대륙이 혼란의 소용돌이에 휩싸이는 것을 원치 않았다.

"이미 드래곤의 노예가 되었다면 제거하는 수밖에."

티엘의 음성이 허공에 흩어졌다.

아이주 지방에서의 첫 패배 소식은 헤셀 백작의 표정을 형편없이 구겨지게 만들었다.

큰 기대는 하지 않았지만 클리쉬 남작령을 잃고, 오천의 병력마저 잃은 카미엘 자작의 무능력함에 부아가 치밀었던 것이다.

"무능한 놈!"

삼만의 대군과 클리쉬 남작의 협력까지 이끌어냈음에도 아무런 성취도 이뤄내지 못한 그에게 분노가 치밀었다.

하지만 그 감정을 겉으로 드러낼 수 없었다.

예전부터 준비해 온 계책이었다.

그것을 활용하기 위해서는 무능한 부하 녀석의 행태에 분노하는 모습을 보여서는 안 된다.

"카미엘 자작에게 전하도록, 로운 후작군의 진군을 최대한 가로막으라고."

"예!"

같은 삼만의 군대이고, 카미엘 자작은 수비보다 공격에 특화된 장군이었다. 그가 얼마나 시간을 벌지 몰랐으나, 모두를 속이기 위해서는 필요한 과정이었다.

"능력을 보여라, 카미엘 자작."

이제부터는 시간 싸움이었다.

티엘이 떠나고 사흘이 흘렀다. 카롤리나는 자신을 찾아와 칭얼거리는 로즈를 보면서 머리가 지끈거리는 것을 느꼈다.

"카롤리나, 후작님은 만나러 안 가?"

"하아, 후작님은 가문에 안 계셔. 일이 있어서 외출하셨거든."

"정말? 말이라도 좀 해주시지."

아쉬운 표정을 느끼는 그녀의 모습은 영락없는 사랑에 빠진 소녀였다.

이제는 더 이상 지켜볼 수 없었다.

그녀의 마음을 확실하게 알아야겠다는 생각을 한 그녀는 입술을 꾹 다물었다가 말문을 열었다.

"로즈."

"응, 말해."

"나 정말 진지해. 내 질문에 대답해 줄 수 있어?"

"물론이지."

한껏 진지한 표정을 짓는 카롤리나의 모습에 로즈도 장난스러운 표정을 지을 수 없었다.

진지하게 자리에 앉는 모습을 보며 한숨을 푹 내쉰 그녀가 질문을 던졌다.

"진지하게 묻고 싶어, 너 후작님에 대해 어떤 마음을 가지고 있니?"

"으음! 정말 솔직하게 말해도 돼."

"그 대답을 듣고 싶으니 물어보는 거야."

"카롤리나가 물어보니 대답할게. 아무래도 후작님을 좋아하는 것 같아."

"…왜?"

황당하기도 하고, 궁금하기도 했다.

로즈가 티엘을 본 것은 몇 번에 지나지 않았고 좋아할 만한 계기가 있었던 것도 아니었다.

그런데 왜?

의문이 들 수밖에 없었다.

"그냥."

"하아? 좀 제대로 설명해 주지 않을래?"

"말로 설명하기 힘들어. 그냥 보다 보니까 좋아졌다고 해야 할 것 같은데."

"보다가 좋아졌다고? 그렇게 말을 하면 내가 순순히 수긍할 거라 생각해?"

"정말이란 말이야. 카롤리나 너도 후작님을 보다가 좋아졌다면서."

"……."

자신이 했던 말을 고스란히 돌려받은 카롤리나는 말문이 턱하니 막히고 말았다.

로즈가 왜 티엘이 좋아졌다고 물을 때 분명 그렇게 대답을 한 적이 있었다.

"그, 그건 그렇고. 로즈 너도 계기가 있어야 하잖아."

"굳이 말하자면 날 어렵지 않게 대하는 모습이 마음에 들었던 것 같아. 아버지 말고 편하게 대한 남자는 한 명도 없었으니까."

"그럼 대공 전하를 대하는 것 같은 감정일 수도 있잖아."

어떻게든 다른 방향으로 돌리려고 했지만 로즈는 고개를 저어 보일 뿐이었다.

"아니야. 후작님을 보면 이 가슴이 두근거리는걸."

"어떤 두근거림?"

"신기할 정도로 거센 두근거림? 상상만 해도 행복하고, 좀 더 알고 싶어지는 그런 느낌."

"하아."

이 정도 표현이라면 그녀의 마음은 진짜였다. 걱정이 사실로 드러나게 되자, 치밀어 오르는 한숨을 참아내지 못했다.

"그래서 어떻게 하려고?"

"잘 모르겠어. 일단은 이곳에 있고 싶어. 같은 공간에 있는 것만으로도 행복하니까."

"난 모르겠어. 혹시나 내가 도와줄 거라고 기대는 하지 말아줘. 가장 친했던 네가 그러니 혼란스러우니까."

"미안, 카롤리나."

풀 죽은 표정의 로즈를 보면서 카롤리나는 한숨만 푹푹 내쉬었다. 이런 모습을 보이면 독하게 굴어서 그녀를 몰아칠 수 없었다.

"일단 좀 더 생각하는 시간을 가져봐. 후작님이 돌아오실 때까지."

"응, 다시 한 번 미안해."

"마음을 품는 건 좋지만 결정을 내리는 건 내가 아니야."

더 있으면 마음이 약해질 것 같아서 카롤리나는 자리에서 일어났다. 매정하다고 느낄 수 있었지만 애써 뿌리치며 방을 벗어났다.

"하아!"

갑작스레 찾아온 카롤리나의 설명을 들은 로웰린은 한숨을 푹 내쉬었다. 겉으로 내색하지 않으려고 했지만 그녀의 말을 듣고 있으니 감정을 숨길 수 없었다.

"죄송해요, 언니. 제가 괜히 데려와서 이런 일을 만든 것 같아요."

"사람의 마음이 어쩔 수 없다는 건 알고 있어. 난 괜찮아."

"그래도 죄송해요."

"그럼 어떻게 할 생각인데?"

"강하게 말을 해두기는 했지만 로즈가 다른 사람의 말을 신경 쓰는 아이가 아니라서요. 순순히 마음을 접을지 잘 모르겠어요."

"그럼 계속 이곳에 있으려고 하겠네."

"네."

"……."

로웰린은 입을 다문 채 생각에 빠져들었다. 그녀가 떠올린 로즈는 순수하고 밝은 성격을 지닌 미인이었다. 이렇다 할 접점이 없음에도 티엘이 좋다고 달려드는 모습은 어이가 없지만 자신의 마음을 솔직하게 밝히고 다가오는 모습은 조금 부러웠다.

"카롤리나는 어떻게 했으면 좋겠어?"

"솔직히 로즈를 받아들이는 것도 나쁘지 않다고 생각해요. 여인의 입장으로 생각하면 경쟁자가 더 늘어나는 것이 기분 나쁘지만 로즈는 황제 폐하와 사촌의 관계거든요. 이건 후작님에게 황실의 지지까지 얻을 수 있는 계기를 마련해 주지 않을까 싶어요."

"단순히 정치적인 이득 때문에 그녀를 받아들이자는 거야?"

"역시 그렇죠?"

"난 후작님이 괜찮다고 하시면 상관없어. 이미 세 명의 부인을 두고 있는데 네 명이라고 해도 달라질 건 없다고 생각해."

격렬한 반대를 예상하고 있던 카롤리나는 괜찮다고 하는 로웰린의 반응에 두 눈을 휘둥그레 떴다.

"정말인가요?"

"그럼 거짓을 말하겠어? 이렇게 말해도 마음은 별로 안 좋단 말이야."

"죄송해요, 언니. 그래도 후작님은 다른 말씀을 하지 않으셨으니 가만히 있을게요."

"아니, 내가 보기에는 후작님에게 선택을 맡기는 게 옳은 것 같아."

"네? 하지만……."

티엘이 오는 여자를 막지 않는다는 걸 알고 있었기에 카롤리나가 말끝을 흐렸다.

그것이 무엇을 의미하는지 잘 알고 있는 로웰린은 입가에 미소를 지어 보였다.

"나도 알아. 결정은 후작님의 몫이지. 그리고 후작님의 결정을 원망할 생각은 없어. 오히려 잘된 일이라고 생각해. 카롤리나는 나와 크레티아 사이에서 이리저리 고민하는 모습을 보였잖아? 로즈 공녀가 부인이 된다면 외로움을 덜 수 있을 거라 생각해."

"정말, 정말 고마워요, 언니."

감격한 카롤리나는 복잡함과 미안함 등이 섞인 눈으로 바라보다가 고개를 푹 숙였다.

로웰린은 따스한 미소를 지으며 그녀의 어깨를 토닥여 주었다.

키이잉!

날카로운 균열음이 귓가로 파고드는 것을 느끼며 티엘은 눈을 가늘게 떴다.

북으로 이동하던 중, 노숙을 하면서 검을 가다듬고 있었다.

날카로운 예기가 주변을 휘감으면서 강렬한 기파를 일으켰지만 중앙은 마치 처음부터 그랬던 것처럼 고요했다.

"아직인가."

공간을 자유자재로 다루는 검은 위력적이지만 아직 자신이 원하는 수준에 도달하지 못했다.

미간을 지그시 찌푸린 티엘은 힘을 조절하려고 했지만 공간 자체를 장악하는 힘의 존재감은 마음먹은 것처럼 움직이지 않았다.

파사사!

대기의 예기에 휩쓸린 나무가 우수수 잘려 나가면서 진풍경을 만들어냈지만 티엘의 시선은 오직 검 끝을 향하고 있었다.

"공간은 지배했지만 이 통제 하에 두는 것은 어려운 일이군."

클레디오 백작이 블랙 드래곤 카를렌스에게 잠식당했다면 더 이상 돌이킬 수 있는 일은 없다고 봐도 무방했다.

드래곤의 정신력은 인간과 비교할 것이 되지 못했고, 한 번 굴복하게 되면 드래곤의 파편으로 속하여 영원히 깊은 늪 속으로 빠져든다.

티엘이 공간검의 위력을 제어하려고 한 것은 얼마 전부터였다.

이미 그 위력으로 인외의 존재를 상대할 수 있을 만큼 강력함을 자랑했지만 자칫 잘못하다가는 마계의 문 혹은 천계의 문을 열 수도 있었다.

"……."

어느 순간, 동작을 멈춘 티엘의 표정이 딱딱하게 굳어갔다. 검을 갈무리하고 고개를 돌린 그의 시선 끝에는 검은 갑옷을 차려 입은 기사가 서 있었다.

'어느 틈에?'

기척을 감지하지 못한 것은 그만큼 상대의 실력은 뛰어나다는 의미가 된다.

한 걸음 앞으로 다가온 그는 정중하게 예를 갖춰 티엘에게 인사를 건넸다.

"이런, 실례했습니다. 갑자기 찾아온 제 무례를 용서해 주시길."

"놀라지는 않았다."

"그러신지? 그렇다면 정말 다행입니다."

"무슨 일로 찾아왔지?"

"아아, 다름이 아니라 산속에서 길을 잃고 헤매다가 우연히 이곳을 찾게 되었습니다. 실례가 되지 않으면 저도 이곳에서 머물 수 있겠는지?"

"충분히 실례가 되는데."

"그렇습니까? 하하, 어떻게 안 되겠습니까?"

단번에 거절할 줄 몰랐는지 적잖이 당황하는 그를 물끄러미 바라보던 티엘이 주변을 둘러보았다.

"깊은 밤에 돌아다니는 것은 어려움이 따를 수밖에 없지. 하지만 초면의 인물을 자리에 끌어들이는 것도 내키지 않는군."

"사례는 하겠습니다."

"사례?"

"이건 어떻습니까? 숲을 돌아다니다가 얻은 것입니다."

그가 내민 것은 작은 돌 조각이었다. 그 속에는 은은한 기운이 감돌고 있어, 사람의 마음을 유혹하는 성질을 지녔다.

"흠."

"몬스터의 부산물입니다. 충분한 값어치는 되리라 생각합니다."

가볍게 튕기듯 던져진 돌은 정확히 티엘의 손으로 안착했다. 어둠의 마나가 응집한 것을 느낀 그는 고개를 끄덕였다.

"나쁘지 않군. 이 정도면 하룻밤의 대가 치고 지나치게 많군."

"그럼 쉬어도 되겠습니까?"

"얼마든지."

"감사합니다."

인사를 건넨 그는 한쪽 귀퉁이로 걸어가 털썩 주저앉았다. 그를 물끄러미 바라보던 티엘은 반대편 쪽으로 걸음을 옮겼다.

갑작스러운 방해꾼의 등장으로 수련할 기분은 말끔히 사

라져 있었다.

검을 풀고 자리에 앉아 있던 그는 자신을 바라보는 시선에 반응했다.

"볼일 있나?"

"하하! 방금 전까지 당장 쓰러질 것처럼 힘들었는데 막상 휴식을 취하니 잠이 오질 않는군요."

"그래서?"

"대화를 하지 않겠습니까?"

"귀찮은 일은 사양이다."

"굳이 대답하지 않으셔도 됩니다. 제가 말을 하고 싶은 게 더 커서. 하하! 제 이름은 켈그라인이라고 합니다. 이런 외진 곳에서 뵙게 되니 정말 반갑습니다."

"……."

티엘은 대답하지 않고 묵묵히 모포를 몸에 둘렀다. 무안할 법도 했지만 켈그라인이라고 밝힌 청년은 계속해서 말을 이어나갔다.

"몬스터가 득실거려서 이런 곳을 찾기 힘든데, 용케 자리를 마련하셨군요."

"……."

"견식하지 못했지만 정말 대단한 무위를 보유하신 것 같습니다."

"잠 좀 잘 수 있게 조용히 해줬으면 좋겠는데."

침묵을 지키고 있던 티엘이 한마디 하자, 켈그라인은 멋쩍게 웃었다.

"너무 시끄러웠습니까? 하하! 죄송합니다. 저도 피곤하니 조용하도록 하겠습니다."

그 말을 끝으로 그는 더 입을 열지 않았고, 티엘은 눈을 감고 조용히 휴식을 취했다.

다음 날, 티엘은 자리를 정리하고 목적지로 향하기 시작했다. 그리고 그 뒤를 따르는 검은 갑옷의 기사 한 명이 있었다.

"왜 따라오는 거지?"

"그게… 하하! 뒤따라가면 안전할 것 같아서 말입니다."

"그래서?"

"괜찮으시면 계속 따라가면 안 되겠습니까?"

"안 괜찮은데."

"부탁드리겠습니다. 원하시면 사례를 하겠습니다."

고개를 숙이며 부탁하는 그의 말에 미간을 찌푸린 티엘이 물었다.

"어디로 가고 있는 거지?"

"클레디오 백작령입니다."

"……"

"왜 그러시는지?"

의아한 표정을 짓는 켈그라인에게 티엘은 고개를 저어 보였다.

"왜 그곳을 가고 있지?"

"하하! 검을 다루는 기사로서 제국 최강이라 불리는 클레디오 백작님의 검을 견식해 보고 싶은 생각 때문에 그곳으로 향하고 있습니다."

"클레디오 백작을 만날 자신이 있나 보군."

"사실 자신이 있는 것은 아닙니다. 하지만 시도해 보지도 않고 포기하는 것보다 나으니 한번 찾아가 보기라도 할 생각입니다."

"그렇군."

그것이 대화의 끝. 켈그라인은 말을 걸려고 했지만 일체 대응하지 않는 티엘의 태도로 인해 대화는 이루어지지 않았다.

그렇게 찾아온 침묵은 제법 오랜 시간 동안 이어졌다.

돌연 발걸음을 멈춘 티엘은 켈그라인을 바라보며 말했다.

"클레디오 백작령까지 동행하도록 하지."

"감사합니다."

기이한 동행이 이루어지는 순간이었다.

제6장
블랙 나이트

티엘이 켈그라인의 동행을 허락한 것은 단순한 변덕이 작용해서가 아니다.

　갑작스러운 등장과 자신의 기척을 속인 실력, 그리고 아무것도 모르는 척 능청스러운 모습을 보이면서 반응을 떠보는 행동 때문이다.

　지나치게 젊고 잘생긴 외모도 의심에 한 몫을 하였다. 몬스터가 득실거리는 숲 속을 헤쳐 나오기에는 지나치게 젊어 보였다.

　이것이 의미하는 바는 두 가지였다.

하나는 몬스터 사이에서 살아남을 만한 실력을 지니고 있다는 것.

다른 하나는 의도적으로 자신이 있는 곳에 접근했다는 것이다.

어느 것이더라도 의심을 살 만한 일이며, 그것을 천천히 조사하기 위해 동행을 허락한 것이다.

하지만…….

동행을 허락하고 한 시간 만에 티엘은 후회를 하기 시작했다.

"엘 님은 어떻게 클레디오 백작령으로 향하게 된 것입니까? 그러고 보니 장비들이 하나같이 고급에 속하는군요. 귀족 출신인 것입니까? 아니면 부유한 상인? 그것도 아니면 용병? 너무 생각할 게 많은 것 같습니다."

"……."

"아! 제가 너무 앞서 나갔습니까? 죄송합니다, 엘 님. 말하는 걸 워낙 좋아하다 보니."

동행하는 사이에 통성명을 알려줘야 할 것 같아 엘이라고 소개를 해줬더니 주구장창 이름을 부르면서 친한 척을 하는 그였다.

이런 행동이 귀찮음으로 다가왔기에 자연히 미간을 모았지만 켈그라인은 전혀 개의치 않는 듯했다.

"클레디오 백작을 찾아서 검을 겨뤄볼 생각인가?"

"기회가 된다면 그러고 싶습니다."

"상대를 해줄 거라고 생각하나 보군?"

"그야 저같이 뛰어난 실력자를 보면 흥미가 생기지 않겠습니까? 그런 생각이 들게 만들기 위해서라도 없는 힘을 팍팍 써볼 생각입니다. 운이 좋으면 한 수 지도를 해주겠지요. 하하하!"

"대책 없군."

"주변 사람들에게 그런 소리를 자주 듣고는 했습니다. 엘 님이 저를 정확하게 보셨군요."

명백히 질책성의 말이었음에도 기분 좋게 받아들이는 켈그라인을 보며 티엘은 입을 닫았다.

무슨 말을 해도 말려드는 기분이 들곤 했다.

이대로 가다가는 내내 괴롭힘을 당할 것 같은 기분에 잠시 입을 다물고 있던 티엘이 당근을 꺼내 들었다.

"클레디오 백작을 만나게 해주겠다."

"정말입니까? 클레디오 백작님을 알고 계십니까?"

"개인적으로 아는 사이다. 받아들일 생각이 있나?"

"물론입니다!"

어디서 나온 믿음인지 모르지만 클레디오 백작과 친분 있다는 사실을 완전히 믿고 있는 듯했다.

"단, 내 요구 조건을 수용했을 때 이야기다."

"당연히 받아들이겠습니다."

"하루에 열 마디 이상 안 할 것."

티엘의 말에 켈그라인의 표정이 하얗게 질렸다. 돈이라든가 다른 물질적인 요구 조건을 생각하고 있던 듯했다.

"그, 그게 무슨 말씀이십니까?"

"말 그대로다. 같이 가려고 하니 시끄러워서 정신이 산만해지더군."

"다, 다른 건 안 되겠습니까? 저 보십시오! 딱 봐도 무척 부유해 보이지 않습니까?"

"돈이라면 나도 이 정도는 있지."

품속에서 주머니를 꺼내 든 티엘이 안을 열어 보이자, 반짝이는 금화가 가득했다.

그것도 하나같이 마법 세팅이 된 십 골드짜리 금화였다. 저 안에 든 걸 다 합치면 마을 하나 사는 것도 가능하게 되리라.

돈질로 전혀 먹혀들 상대가 아니라고 생각한 켈그라인은 어깨를 축 늘어뜨렸다.

"다른 건 안 되겠습니까?"

"요구 조건을 받아들일 수 없으면 여기까지 하는 수밖에."

"아닙니다! 당연히 받아들여야죠, 하하! 받아들이겠습니다. 앞으로 입을 꾹 다물고 있겠습니다."

"그럼 나도 약속을 지키지."

"예!"

"일단 한마디."

"아니, 그런 게 어디 있습니까?"

"두 마디."

"······."

가차 없이 카운트를 세는 티엘의 행동에 상황 파악을 마친 켈그라인은 입을 꾹 다물었다.

주변에서 왱왱거리던 소리를 잠재운 티엘의 입가에 옅은 미소가 걸렸다.

단 한 사람이 입을 다물었을 뿐인데, 피부로 전해지는 공기는 자못 상쾌했다.

"가지."

클레디오 백작령까지 먼 길은 아니었다.

히드로 2세에게 강탈하다시피 하여 하사받은 영지는 셰어드 요새에서 사흘밖에 걸리지 않는 곳이다.

지금은 클레디오 백작령이 된 이곳은 셰어드 요새와 황도로 향하는 길목과 같은 곳으로, 지리적인 이점과 동시에 산을 이용한 방어가 가능한 곳이었다.

함께하는 동안 켈그라인은 변함없이 티엘을 친근하게 대

했다. 그리고 티엘도 며칠 동안 얼굴을 맞대면서 좀 더 편하게 대할 수 있게 되었다.

클레디오 백작령 안으로 진입하는 순간, 그는 감격한 듯 몸을 가늘게 떨며 주변을 둘러보았다.

"오오, 이곳이 제국 최강이 지배하는……."

"다섯 마디."

"하하! 괜찮습니다. 지금을 대비해서 말수를 아꼈지요."

"여섯 마디."

"그래도 영지까지 왔는데 제한을 풀어주시는 것이 어떤지……."

"일곱 마디."

"알겠습니다, 알겠어요. 입 다물고 있겠습니다."

"여덟 마디."

두 손을 들며 항복을 표하는 그였지만 티엘의 카운트는 거침이 없었다.

다시 조용한 분위기 속에서 영지 안으로 들어선 두 사람은 곧장 클레디오 백작의 저택으로 향했다.

저택 앞에 도착한 티엘이 곧바로 경비병에게 다가가는 걸 본 켈그라인이 놀라 물었다.

"정말 친분이 있었던 것입니까?"

"그럼 거짓을 말하는 것처럼 느껴졌나?"

"그런 건 아니지만 그래도 놀랍군요."

"아홉 마디다. 한마디도 말하고 싶지 않으면 계속 떠들든지."

표정이 썩어 들어가는 그를 뒤로하고 경비병에게 다가간 티엘은 정체를 밝힌 뒤, 클레디오 백작이 보낸 편지 봉투를 꺼내 들었다.

인장이 찍힌 것을 본 병사들은 다른 말을 하지 않고 조용히 비켜섰다.

"가지."

"네! 아차!"

"열 마디, 숫자가 꽉 찼으니 더 이상 내게 말할 생각 말도록."

표정이 급속도로 우울해지는 켈그라인이었다.

마중 나온 기사의 뒤를 따라 저택 안으로 들어선 둘은 각각 방에 배정되었다.

"먼저 클레디오 백작을 만나고 오지. 그 자리에서 만남을 주선하겠다."

"예. 부탁드리겠습니다."

"여기까지 오면서 약속에 충실했으니 나도 약속에 충실하는 것뿐이다."

무뚝뚝한 말과 함께 방을 벗어나는 그였다.

밖으로 나온 그는 마중 나온 손님을 만날 수 있었다. 클레디오 백작의 심복인 카르딘 남작이었다.

티엘에게 정중히 예를 취한 그가 용건을 꺼내 들었다.

"주군께서 편지를 보냈다고 하셨습니까?"

"우리는 얼굴을 마주한 적이 있는 것 같군."

"지금 그게 중요한 게 아니지 않습니까?"

"이걸 보면 모르나."

그는 클레디오 백작이 보낸 편지를 펼쳐 들었다. 짧은 순간이었지만 필체를 확인하기에는 충분했고, 그중 어서 와달라는 내용을 읽은 카르딘 남작의 표정이 딱딱하게 굳어갔다.

"현재 주군께서는 다른 손님을 맞이할 여력이 없습니다."

"여력이 아니라 만날 여력이 없는 걸 테지. 내 말이 틀린가?"

"그건……."

"대강 알고 있나 보군."

"……."

커진 카르딘 남작의 눈을 보면서 티엘은 가볍게 고개를 끄덕였다.

"클레디오 백작은 알리지 않았지만 여러 차례 자신의 문제에 대해 나와 논의를 했다. 그 부분을 살펴보기 위해 찾아왔으니 안내하도록."

"정말입니까?"

"그럼 내가 왜 이곳까지 찾아와서 귀찮음을 감수한다고 생각하지?"

"죄송합니다. 주군의 안위가 걸린 문제이다 보니 철저할 필요가 있었습니다."

"이해하니 살려두는 것이다."

"주군이 왜 저런지 물어봐도 되겠습니까?"

"그건 클레디오 백작이 회복되면 묻도록. 안내하지 않는다면 나는 돌아가겠다."

"아닙니다, 안내하겠습니다."

이런저런 질문으로 상황을 캐내려던 카르딘 남작은 거세게 고개를 저으며 티엘을 안내했다.

복잡한 길을 거쳐 비밀 연무장 앞에 도착한 그는 미간을 찌푸렸다.

"상태가 좋지 않군."

"무슨 말씀이십니까?"

"여유가 없다."

쾅!

어느새 뽑아 든 그의 검은 비밀 연무장의 검을 부숴 버렸다. 그리고 잔해를 지나쳐 안으로 진입했다.

바로 앞에 펼쳐진 광경을 보며 티엘은 미간을 찌푸렸다.

"꽤나 강공을 펼쳤군."

결과적으로 클레디오 백작은 아직 무사했다.

하지만 그는 드래곤에게 잠식되기 직전이었다.

티엘의 시선이 미친 곳에는 검은 기운이 휘몰아치고 있었다.

한눈에 보아도 그것이 마계에 존재하는 어둠의 마나라는 것을 알 수 있었다.

평범한 인간이라면 접하는 것만으로 정신이 미쳐 버릴 정도로 농도 짙은 어둠의 마나다.

파아앗!

앞으로 걸어가기 무섭게 검은 기류가 폭발적으로 뿜어지며 전신을 밀어내려고 했다. 그리고 허공에서 음산한 웃음소리가 울려 퍼졌다.

[크흐흐! 제법 빨리 찾아왔지만 이미 늦었다.]

"본체의 타격을 빨리 회복했군."

[그 정도로 위대한 드래곤이 타격을 입을 거라 생각했나? 어리석은 인간!]

"그 어리석은 인간에게 부상 입고 도망친 도마뱀이 말이 많군."

[그런 도발 따위는 먹히지 않는다. 네놈이 없는 동안 이 인간은 내 수중에 떨어졌으니.]

"……."

카를렌스의 목소리에 반응하지 않고 조용히 클레디오 백작을 살폈다.

멀리서 봤을 땐 괜찮은 것 같았지만 가까이서 보니 이미 몸의 통제권은 카를렌스에게 빼앗긴 듯싶었다.

정신은 어느 정도 기력을 유지하고 있지만 언제 무너질지 모르는 일이었다.

"귀찮게 되었군."

[이전의 굴욕을 갚아주도록 하겠다.]

콰콰콰콰!

카를렌스의 의지 아래 놓인 클레디오 백작의 육체에서 강렬한 기세가 발산되었다.

무방비 상태였던 티엘의 몸이 크게 떨렸지만 이내 중심을 잡고는 클레디오 백작을 응시했다.

흰자위만 떠 있는 눈동자는 정상적인 것으로 보이지 않았다.

"자리를 옮기지. 그곳에서 승부를 내는 게 어떤가."

[자리라, 좋다! 네놈을 혼내주기 위한 자리로는 너무 좁은 것 같으니.]

흔쾌히 응한 카를렌스는 클레디오 백작을 이용하여 손을 움직였다. 동시에 그의 전신이 새하얀 기류에 휩싸였다.

[매스 텔레포트다. 용기가 있으면 따라오도록.]

공간 계열 중 최고 마법인 매스 텔레포트는 본인 외에 주변 사람까지 공간 이동을 시킬 수 있는 마법이다.

티엘은 몸을 감싸는 기운에 저항하지 않고 그대로 맡겼다. 그러자 새하얀 빛이 폭사하면서 사방으로 퍼져 나갔다.

스파앗!

두 사람의 신형이 흔적도 없이 자취를 감추었다.

공간 이동으로 두 사람이 모습을 드러낸 곳은 인적을 찾을 수 없는 고원이었다.

새하얀 빛과 함께 모습을 드러낸 카를렌스는 클레디오 백작의 육체를 완전히 장악한 듯 정상으로 돌아온 눈동자로 섬뜩한 빛을 뿌리며 웃었다.

"이 정도면 어떤가? 네놈의 무덤으로 아주 사치스럽지 않나?"

"거대한 드래곤의 동체가 쉬기 아주 좋은 곳처럼 보이는군."

"네놈이 언제까지 여유를 부릴 수 있을지 지켜보도록 하지."

클레디오 백작의 몸을 차지한 카를렌스는 여유만만이었다. 티엘은 아무런 반응을 보이지 않은 채 그의 행동을 예의

주시했다.

"사라져라."

쿠우웅!

강대한 드래곤의 의지를 바탕으로 펼쳐진 용언의 힘이 티엘을 압박하기 시작했다.

온몸의 뼈를 부러뜨리고 전신을 짓이길 것처럼 가해지는 강렬한 압박!

하지만 티엘의 표정에는 변화가 없었다.

그것이 마음에 들지 않는 듯 카를렌스는 표정을 찌푸리며 용언의 강도를 더했다.

뚜둑! 뚜두둑!

이윽고 관절이 어긋나는 소리가 울려 퍼졌다. 이대로 두면 사지가 부러져 처참한 모습으로 바닥에 나뒹굴 것이 분명했기에 카를렌스는 잔인한 미소를 지었다.

하지만 어느 순간 용언의 힘이 흔적도 없이 사라지기 시작했다.

어안이 벙벙한 카를렌스 앞에 선 티엘은 목을 좌우로 흔들면서 중얼거렸다.

"오랜만에 받는 시원한 마사지였다."

"마사지? 네놈이……."

서걱!

화들짝 놀란 카를렌스의 신형이 사라졌다. 이십여 미터 뒤에서 모습을 드러낸 그의 배 부근이 예리하게 베어져 있었다.

"확실히 숙주를 차지하니 전보다 나아졌군. 반응하는 속도가 빨라졌어."

"잔수작 부리지 마라!"

일갈과 함께 펼쳐진 용언 마법은 수십 개의 불덩이를 소환했다. 검게 타들어가는 불꽃은 보는 것만으로 섬뜩함을 불러일으켰다.

"지옥의 불꽃이군."

그 정체를 파악한 티엘이 중얼거렸다. 카를렌스는 잔인한 미소를 지으면서 불덩이를 던졌다.

빠르지 않은 속도이기에 검을 휘둘러 단숨에 두 조각으로 베어버렸다.

하지만 검은 불꽃은 소멸되지 않았다. 오히려 검을 타고 번지더니, 검 전체를 뒤덮고 티엘의 팔을 집어삼키려고 확장을 거듭했다.

"지옥의 불꽃을 얕봤군. 크하하!"

한 번 목표로 한 모든 것을 불태워 버리는 지옥의 불꽃은 중간계에서도 생소한 것이다. 그 위력은 목표로 삼은 모든 것을 불태워 버릴 때까지 사라지지 않는다.

카를렌스는 티엘이 불꽃에 휩싸여 목숨 잃을 것을 의심치 않았다.

그 순간, 기괴한 현상이 벌어졌다.

파사사.

지옥의 불꽃이 더 이상 검에서 확장하지 못한 채 연기처럼 흩어진 것이다.

"제법 고약한 불꽃이란 건 예전에 겪어봐서 잘 알고 있지."

"…어떻게?"

"이 정도 파악하는 건 기본 아닌가? 설마 희귀하다고 해서 모를 줄 안 거라면 어리석기 짝이 없군."

"크으으."

중간계의 화려한 데뷔를 짓이겨 버리는 티엘의 행동에 카를렌스는 표정을 구겼다.

용언 마법까지 튕겨내는 인간답지 않은 면모에 좋지 않은 기억이 스멀스멀 떠올랐다.

"죽는 소리가 나오게 해주겠다."

마계에 있는 드래곤 육체만 못하지만 수십 년 동안 단련해 온 클레디오 백작의 육체는 힘의 대부분을 발휘할 수 있게 했다.

"심판!"

꽈릉! 꽈과광!

허공에서 내리친 검은 벼락이 연이어 내려쳤다. 티엘은 가볍게 검을 휘둘렀지만 벼락은 한 번이 아니라 두 번, 세 번 연이어 계속해서 내리쳤다.

벼락을 감당하기 바쁜 모습을 보며 카를렌스는 광소를 터뜨렸다.

"크흐! 크흐흐! 크하하하!"

"제법 귀찮은 번개로군."

타격을 입은 것처럼 보이지는 않았지만 벼락의 여파로 몸 곳곳에 그을려 있었다.

카를렌스의 입가에 짙은 조소가 걸렸다.

"아직도 여유를 부리나? 크흐흐!"

"이게 여유로 보이다니, 눈도 동태 눈깔이로군."

"울부짖어라, 인간이여."

콰르릉! 쾅!

검은 번개가 연이어 내리쳤다. 불규칙한 궤적을 그리며 집요하게 쫓아오는 검은 번개의 존재감은 당연 압권 그 자체였다.

미간을 찌푸린 티엘은 검을 연이어 휘두르다가, 저만치 떨어진 곳에서 웃고 있는 카를렌스를 향해 검을 던졌다.

찌잉!

눈부신 속도로 쇄도하던 검은 벽에 가로막힌 것처럼 카를렌스 바로 앞에 멈췄다.

"이러면 날 쓰러뜨릴 수 있을 거라 생각했나?"

조소를 띠던 카를렌스는 미증유의 힘을 느끼며 황급히 방어막을 쳤다.

쾅!

그와 동시에 강렬한 폭발음이 사방을 울렸다.

"죽이지 못했나."

조금 떨어진 곳에 널브러진 카를렌스를 보며 티엘은 미간을 좁혔다.

전생에서 겪어본 블랙 드래곤보다 훨씬 더 강한 힘을 보유하고 있는 것처럼 느껴졌다. 마계의 문을 건너온 것도 아니고, 숙주를 통해 힘을 발휘하는 것인데 이 정도 힘이라니, 본체로 현신하면 얼마나 강할지 쉬이 짐작하기 힘들었다.

"확실하게 제거해야겠군."

클레디오 백작의 정신은 남아 있지만 카를렌스가 육체를 차지한 이상 그가 본래대로 돌아올 수 있는 가능성은 제로에 가까웠다.

불확실한 가능성에 모험을 하는 성격이 아니기에 티엘은 확실하게 제거하고자 마음을 먹었다.

어느새 돌아온 검이 손에 들렸고, 공간을 지배하는 의지가 주변에 퍼져 나감에 따라 강렬한 힘이 휘몰아치기 시작했다.

쿠오오오! ⸓

자리에서 일어난 카를렌스는 드래곤 피어를 터뜨리며 기선 제압을 시도했다.

강렬한 기세의 폭풍이었지만 티엘은 가볍게 검을 휘둘러 쳐냈다.

서걱! 퍽!

드래곤의 힘과 공간을 가르는 두 힘이 충돌하면서 강렬한 충격파가 연이어 일어났다.

"귀찮은 인간 놈이……."

"공간검을 견뎌낼 줄은 몰랐는데."

공간의 제약을 없애는 공간검을 막아내는 모습은 확실히 의외였다.

전생에 상대했던 블랙 드래곤도 이 공간검 앞에 드래곤 하트가 파괴되어 자연의 품으로 돌아가야 했다.

성룡 단계를 넘어 웜급, 나아가 에인션트에 발을 들여놓은 드래곤조차도 막지 못했던 공간검을 카를렌스가 막아내고 있었다.

티엘의 눈이 깊게 가라앉았다.

"마계에서 어느 정도 위치에 있지?"

"궁금한가?"

"궁금하니 질문을 한 것이다, 블랙 드래곤."

"크흐흐! 네놈이 알 자격이 된다고 생각하느냐?"

"이 정도로도 증명이 안 된다는 건가? 내 검격에 본체를 타격 입은 적이 있으면서 말 하나만큼은 정말 잘하는군."

"…그랬지, 네놈이었지."

카를렌스의 눈이 강렬한 빛을 폭사하다가 원래대로 돌아왔다.

분노와 별개로 냉정하게 가라앉은 드래곤의 이성은 눈앞의 인간이 이전까지 마주했던 하찮은 것들과 격을 달리하다는 걸 경고하고 있었다.

'이런 녀석을 숙주로 삼았다면 본체가 강림한 만큼의 힘을 발휘할 수 있었을 터.'

클레디오 백작이란 인간을 보고 그를 인간 중 최고의 숙주라 생각하고 성급히 결정을 내린 자신의 판단이 어리석다는 걸 인정할 수밖에 없었다.

"내 이름은 카를렌스. 위대한 블랙 일족의 로드를 맡고 있다."

"로드라면……."

티엘의 두 눈이 빛을 발했고, 카를렌스는 어깨를 쭉 펴며 당당하게 말했다.

"블랙 드래곤 로드가 바로 나다."

"……."

생각했던 것보다 훨씬 거물이었다.

막연하게 에인션트급 드래곤이 아닐까 싶었는데 설마하니 로드라니.

속성으로 나뉘는 드래곤 일족 중에서 그린과 골드를 제외한 다른 드래곤이 로드를 맡는다는 것은 일족 중에서 가장 강하다는 것을 의미했다.

즉, 눈앞의 카를렌스가 마왕급에 속한다는 흑룡왕이란 뜻이다.

티엘의 눈에 이채가 발한 것은 그의 정체를 알아서였던 것도 있지만 다른 의미도 숨어 있었다.

'내가 알던 것과 다르다.'

전생에서 마계의 문을 열어버렸을 때 블랙 드래곤의 로드인 흑룡왕도 강림했다.

하지만 그 당시 흑룡왕은 다른 드래곤이었다.

카를렌스라는 이름을 듣고 의아함을 드러냈던 것도 같은 이유였다.

'내가 모르는 과거가 있다.'

티엘의 머릿속이 빠르게 회전했다.

클레디오 백작은 전생에서도 제국 최강으로 군림했던 인물이고, 히드로 2세를 휘어잡은 레디븐 백작이 대군을 동원하여 제거하기에 이른다.

하지만 당시 카를렌스라는 이름은 나오지 않았다. 분명 클레디오 백작에게 드래곤 하트를 건네주고 기회를 노렸을 텐데 말이다.

그것이 무엇인지 생각해 보았지만 결론은 쉽게 도출되지 않았다.

'분명한 건 외부의 요인에 의해 카를렌스는 제거되었다는 것.'

마계 내 정권 다툼인지 아니면 중간에 변고인지는 모르는 일이다.

한 가지 분명한 건 지금 자신 앞에 있는 드래곤은 마왕에 버금가는 실력을 지녔다는 것이다.

이런 티엘의 침묵을 카를렌스는 겁을 먹어 아무 말도 하지 않는 것으로 여겼다.

입가에 진한 미소를 지은 그가 섬뜩한 눈으로 티엘을 훑었다.

"겁을 먹었나 보군. 용서는 바라지 마라."

"아아. 한 가지 질문을 더하지. 카이트론이라는 이름을 알고 있나?"

"…네, 네놈이 어떻게 그 이름을 알고 있지?"

"그랬군."

"대답해라!"

콰우우우!

무시무시한 피어가 사방으로 퍼져 나가면서 티엘의 전신을 압박하려 들었지만 접근하지 못한 채 모두 튕겨 나갔다.

"대답해라, 인간! 카이트론의 개냐?"

"궁금한가? 가르쳐 줄 생각이 없는데."

"네놈을 사로잡아 모두 불게 해주겠다!"

조금 전까지 여유롭던 카를렌스의 기세가 일변했다. 드래곤의 존재감을 사방으로 뿌리면서 검은 벼락을 연이어 시전했다.

콰릉! 콰과광!

검은빛을 뿌리며 내리치는 검은 벼락은 위력적이었지만 티엘의 공간검에 모조리 막히고 있었다.

"말해라! 말하라고!"

"그렇게 분노하는 것을 보니 자신이 흑룡왕 자리에서 위태롭다는 걸 알고 있나 보군."

"이노오오옴!"

카를렌스를 중심으로 강력한 기파가 물결처럼 퍼져 나갔다. 어둠의 마나가 거세게 소용돌이치면서 공간 자체를 짓눌렀다.

"마계화."

티엘은 카를렌스가 어떤 마법을 시전하는지 눈치챘다. 바로 주변 일대를 마계와 같은 환경으로 만들어 힘을 극대화시키려는 계책이었던 것이다.

상대가 본격적으로 패를 꺼내 든 이상 망설일 이유가 없었다.

여태까지 단 한 번도 사용하지 않았던 그의 공간검이 펼쳐졌다.

"공간참."

서걱!

공간을 지배하는 그의 검은 어떠한 적도 공간의 제약을 없애고 제거할 수 있지만 반대로 공간 자체를 베어버리는 것이 가능했다.

카를렌스가 시전한 마계화는 티엘에게 있어 가장 손쉽게 베어버릴 수 있는 공간 그 자체였다.

농밀한 어둠의 마나를 머금고 있던 공간이 베이자, 갈 곳을 잃은 힘이 폭주하기 시작했다.

쿠우우우!

"이, 이게 무슨……."

"마계화를 자주 사용하는 상대를 만나서 상대하는 것이 손쉽군."

전생에 만났던 흑룡왕 카이트론도 카를렌스와 크게 다르지 않았다.

상황이 불리해지자 마계화를 시전했고, 그때도 마찬가지

로 마계화된 공간을 베어버리면서 단숨에 전신을 갈가리 베었다.

"게다가 카이트론보다 강한 것 같지도 않고."

피슉! 피슈슉!

말이 끝나는 순간, 카를렌스의 전신에 피분수가 자욱이 뿜어져 나왔다.

공간을 장악한 검은 의지에 따라 예기로 변화를 일으키며 단숨에 벤 것이다.

"크으으!"

서둘러 뒤로 물러났지만 일격을 허용한 카를렌스는 갈등했다.

이 정도 육체라면 본체를 소환하는 것도 가능했다. 하지만 그다음부터 입는 타격은 모두 회복을 필요로 한다. 뿐만 아니라 공간의 문을 열면서 뿌려대는 어둠의 마나는 곳곳에 숨어 있는 드래곤들을 불러들일 것이다.

제아무리 블랙 드래곤 로드라고 해도 드래곤 여럿을 감당하는 것은 불가능한 일이다.

"본체! 본체였다면!"

"변명은 듣고 싶지 않다."

더 물어볼 것이 없던 티엘은 마무리를 하고자 검을 들었다.

순순히 당할 수 없는 듯, 카를렌스도 경계 태세를 취하면서 기운을 끌어 올렸다.

"죽어라, 인간!"

본체의 기운을 끌어들여 변형 브레스를 발산하는 순간, 티엘도 공간참을 시전했다.

거대한 두 힘이 허공에서 부딪치려던 순간, 한 인영이 불쑥 모습을 드러냈다.

콰콰콰콰!

검은 브레스와 무형의 검격이 반대 방향에서 충돌을 일으키며 굉음이 울려 퍼졌다. 전신을 짓이겨 버릴 거력이 충격파로 퍼져 나갔지만 손을 뻗고 막아낸 이는 아무렇지 않은 기색으로 몸에 묻은 먼지를 털어냈다.

"대결 중에 끼어들어서 죄송합니다. 지켜보고 싶었는데 더 이상 어려울 것 같아서요, 하하!"

"너는······."

"이거, 벌써 정체를 들키게 되었군요. 죄송합니다, 엘 님."

다소 경박한 웃음을 흘리고 있는 것은 동행 길에서 만난 켈 그라인이었다.

가늘게 눈을 뜬 채 웃는 그의 기운은 전에 보았던 것과 사뭇 달랐다.

너무나 깊은 심연을 간직한 듯, 검은 눈동자가 마치 끝없는 무저갱처럼 깊었다.

뿐만 아니라 전신의 기세가 완전히 갈무리되어 검을 익혔는지 짐작하기조차 힘들었다.

"우선 엘 님이 아닌 이분과 용무가 있어서 잠시 양해해 주시길."

마치 산책에 나온 것처럼 여유롭게 양해를 구한 그의 시선이 카를렌스에게 향했다.

처음에는 어리둥절한 표정을 짓던 카를렌스는 이내 켈그라인의 정체를 알아차렸는지 두 눈을 부릅뜨면서 말을 더듬었다.

"너, 너, 너는!"

"당신과 나는 할 이야기가 있지요."

"어떻게 이곳에!"

"꼬리가 길면 밟히게 마련입니다. 하하! 이제 순순히 포기하시지요."

콰우우우!

대답 대신 돌아온 것은 드래곤 피어였다. 그 뒤를 이어 검은 벼락이 날카롭게 찔러 들어왔다.

콰광! 콰과광!

북 터지는 듯한 소리가 연신 울려 퍼지면서 카를렌스의 기세는 고스란히 가로막혔다.

만면에 미소를 지은 켈그라인이 가볍게 손을 들자, 드래곤 피어는 허공에서 흩어지기 시작했다.

"제법 쓸 만한 육체를 얻은 것 같지만 흑룡왕인 당신의 힘을 담기에는 부족한 듯싶군요."

"네놈, 켈그라인……."

"이 기회를 얼마나 노렸는지 당신은 모를 것입니다. 하하하!"

"네놈을 가만히 둘 거라 생각하나?"

"정말 살 떨리는 말씀이 아닐 수 없군요. 물론 당신의 힘은 두렵습니다. 그러니 이런 기회를 만들어 제가 이곳까지 온 것 아니겠습니까?"

살벌한 카를렌스의 눈과 웃고 있는 켈그라인의 눈이 허공에 마주쳤다.

"후후. 당신의 모습이 너무 무서워 나름대로 준비를 해왔는데 마음에 들지 잘 모르겠습니다."

스르릉.

그러면서 켈그라인이 뽑아든 것은 거무튀튀한 롱 소드였다. 일견하기에는 아무런 특징을 찾아볼 수 없는 것이었지만 마치 모든 어둠을 빨아들이는 것처럼 빛이 일렁이는 모습을 보며 카를렌스의 표정이 하얗게 굳어갔다.

"이, 이건……."

"마검 그레인츠. 흑룡왕인 당신이 이 이름을 모를 리 없겠지요."

"······."

짧은 설명이었지만 그것은 카를렌스를 패닉으로 몰아넣기에 부족함이 없었다.

마검 그레인츠는 드래곤을 사냥하는 검으로, 중간계에서는 용살검으로 알려져 있다.

블랙 드래곤이 중간계의 드래곤을 배신하고 마계에 정착하며 어둠의 마나를 받아들였다고 하나 근본이 되는 용족의 특징을 버린 것은 아니다.

그 말은 마검 그레인츠에게 공격을 받았을 때 심각한 타격을 입을 수 있다는 뜻이다.

"네놈이 어떻게 그레인츠를."

"이날을 위해 숨겨두고 있었다고 해야겠지요? 하하! 표정이 굉장히 좋지 않은 것 같습니다."

"닥쳐라, 켈그라인!"

우우우웅!

주변 기운이 요동치면서 카를렌스의 앞에 기운이 응집했다. 강력한 소용돌이를 일으킨 힘은 단숨에 모든 것을 파괴하는 브레스가 되어 뿜어졌다.

본체가 아니어서 위력이 약해졌지만 마을 하나를 단숨에 파괴시킬 수 있는 브레스였다. 하지만 그것을 바라보는 켈그라인의 입가에는 짙은 비웃음이 걸려 있었다.

"용살검을 앞에 두고 브레스라니. 생각이 있는 건지, 참."

강렬한 힘을 머금고 뿜어지는 브레스를 향해 그레인츠를
든 켈그라인은 바로 휘둘렀다.

서걱! 파사사!

검은 브레스는 켈그라인의 검격에 단숨에 반으로 갈라졌
다. 거기에서 끝이 아니라 연기가 피어오르더니, 이내 한 줌
재가 되어 허공에서 흩어졌다.

"그레인츠가 용살검이라 불리는 것은 드래곤의 힘을 부정
하기 때문이지요."

"큭!"

"이 자리에서 용살검에 죽으면 본체도 무사하지 못할 것입
니다. 하하!"

카를렌스는 더 이상 망설이지 않고 몸을 돌려 도망치려고
했다. 그 모습을 바라보던 켈그라인은 입가에 웃음을 지우고
빠른 속도로 쇄도했다.

단숨에 거리를 좁히고 달려든 그가 그레인츠를 휘두르자,
카를렌스 앞에 반투명한 방어막이 겹겹이 생성했다.

쾅!

둔중한 충격음과 함께 방어막이 허무하리만치 간단하게
부서졌다.

"블링크!"

"아아, 확실히 약합니다. 이 제가 앞에 있는데 블링크 따위라니."

공간을 점유한 켈그라인은 카를렌스가 이동한 곳에 이미 도착해 있었다.

그를 향해 웃음을 지어 보인 켈그라인은 망설이지 않고 검을 휘둘렀다.

서걱!

"크으, 크아아아!"

주변을 울리는 섬뜩한 비명 소리가 사방으로 퍼져 나갔다. 영혼이 붕괴되는 고통에 카를렌스가 몸을 뒤틀었지만 그 모습을 바라보는 켈그라인의 입가에는 섬뜩한 미소가 걸려 있었다.

서걱! 서걱!

그레인츠가 허공을 가를 때마다 잘려 나가는 소리가 들려오며 카를렌스의 비명 소리가 터져 나왔다. 신기하게도 육체에는 어떠한 타격도 없었다.

어느 순간 비명마저도 완전히 잦아들었다. 그리고 몸부림치던 육체는 축 늘어져 어떠한 움직임도 보이지 않았다.

"하하, 하하하하!"

카를렌스를 소멸시킨 켈그라인은 주변이 떠나가라 웃음을

터뜨렸다.

그 광경을 바라보던 티엘이 입을 열었다.

"끝났나 보군."

"하하! 그러고 보니 손님이 계신 것을 잠시 까먹고 있었습니다."

몸을 돌린 켈그라인의 얼굴에는 전에 보았던 것과 전혀 다른 느낌의 이질감이 감돌고 있었다.

제7장
종횡무진

첫 만남 때는 전혀 기세를 느낄 수 없었다. 검은 갑주를 차려 입고 신기할 정도로 기운을 완벽하게 갈무리하고 있다는 걸 눈치챘을 뿐. 그것이 호기심을 자극했고, 다른 속내가 있는 것 같아 동행을 허락했다.

하지만 그가 카를렌스를 무찌를 만큼 강한 힘을 지니고 있을 줄 몰랐다.

티엘의 시선은 켈그라인이 들고 있는 그레인츠를 향했다.

"드래곤은 어떻게 되었지?"

"소멸되었습니다. 이 용살검에 의해."

"숙주로 삼은 육체는 온전히 남겨두고 정신만 소멸시켰다는 뜻이군."

"정답입니다. 제법 잘 알고 계시는군요."

"그럼 숙주는 어떻게 되는 거지?"

켈그라인은 어깨를 으쓱했다.

"저도 잘 모릅니다. 숙주의 정신력이 뛰어나다면 육체의 통제권을 되찾을 수 있겠지만 기대 이하라면 육체만 살아 있는 인형이 되겠지요."

"그렇군, 그럼 이제 우리의 이야기를 시작할까."

"무슨 이야기인지 모르겠습니다만?"

"날 속이고 이곳까지 왔으니 모르는 척보다는 자세한 이야기를 듣고 싶은데."

"하하하! 그것이 많이 기분 나쁘셨나 보군요."

"나로서는 제법 큰 호의를 베풀었지. 싫다면 목숨을 놓고 가도 좋다."

"이런, 오랫동안 벼르던 카를렌스를 제거한 기쁜 자리에서 제 목숨을 내놓을 생각은 없습니다. 그 무서운 생각은 접어두시면 좋겠습니다."

양손을 들면서 항복 의사를 표명하는 켈그라인을 보며 티엘은 아무 말도 하지 않았다.

조용히 그가 들고 있는 그레인츠를 가리킬 뿐.

"그걸 선물로 준다면 생각해 볼 수 있는데."

"이런, 너무 큰 걸 원하는 것 같습니다. 다른 것은 안 되겠습니까? 만족할 만한 선물을 드릴 수 있을 것 같은데 말이지요, 하하!"

"그것 말고 다른 것은 흥미가 생겨나지 않는군."

"이런, 이런."

켈그라인의 얼굴에 난감한 웃음이 번져 나갔다. 티엘은 그 속에 서려 있는 살의를 놓치지 않고 피식 웃었다.

"날 제거하려고 하나 보군."

"이런, 보셨습니까? 보셨으니 어쩔 수 없군요. 저는 보기보다 손쉬운 방법을 선호하는 편이라서. 하하! 이것을 선물로 주는 것보다 당신을 제거하는 것이 더 쉬운 일일 것 같습니다."

"자신이 죽을 수 있다는 걸 명심하도록."

"어디 한번 지켜보지요."

파앗!

순식간에 도달한 켈그라인이 티엘을 향해 손을 뻗었다. 어둠의 마나가 소용돌이치면서 단숨에 집어삼키려고 날아드는 것이 눈에 들어왔다.

파앙!

공간의 힘을 지배한 그의 공간참이 허공을 갈랐다. 티엘을 뭉개 버리려던 켈그라인의 얼굴에 경악이 번져 나갔다.

"이건……."

"이제 내 말이 무엇을 뜻하는지 알겠나?"

"이런 힘을 지니고 계실 줄은."

고개를 젓는 켈그라인의 시선에는 방금 전 티엘이 펼친 공간참으로 잘려 나간 팔에 고정되어 있었다.

"용살검이라는 것이 탐나는군. 그것을 넘겨주면 순순히 넘어가도록 하지."

"이건 검둥이들을 효율적으로 다룰 수 있는 것이라, 아무래도 어려울 것 같습니다."

"그럼 좀 더 넘길 마음이 들게 만들어주지."

파앙!

공간을 가르는 공격이 펼쳐지자, 켈그라인이 뒤로 물러났다. 하지만 제약을 없애고 단숨에 짓쳐든 힘은 거리를 없애 버렸다.

서걱!

"크으!"

남은 오른팔마저 잘린 켈그라인의 몸이 비틀거렸다.

냉정하게 가라앉은 티엘의 시선이 그에게 고정되어 있었다.

"아직도 마음이 바뀌지 않았나?"

"하하! 이 정도로 형편없이 몰릴 줄은 몰랐습니다. 마계에서도 나를 이렇게 다룰 수 있는 이가 몇 없는데 과연 중간계는 흥미로운 곳인 것 같습니다."

"결정은?"

"가볍게 제거할 수 있을 거라 생각했는데 아무래도 진심이 되지 않으면 힘들 것 같군요."

우웅! 파앗!

켈그라인을 중심으로 검은 기류가 휘몰아치다가 그의 양팔을 감쌌다. 그러자 바닥에 떨어져 있던 팔이 날아와 처음 있던 그대로 안착했다.

"다시 소개하지요. 저는 마계의 북서부 칼그로인츠를 지배하는 켈그라인입니다. 시간을 다스리는 마왕으로 알아주시길."

"시간을 다스리는 마왕?"

티엘의 눈에 이채가 스쳐 지나갔다.

전생에서 마계의 침공 군단과 마주했던 적이 있던 그에게 시간을 다스리는 마왕은 처음 듣는 이름이었다.

방금 전까지 형편없이 당하고 있다가 단숨에 전세를 되돌리는 능력은 결코 가볍지 않았다.

그는 자신을 소개하면서 가장 큰 권능이라 할 수 있는 시간을 다스리는 걸 언급했다.

이것이 의미하는 바가 가벼울 리 없었다.

"그렇습니다. 중간계에 강림하는 일은 없으니 모르시리라 생각합니다."

"그럼 넌 마수의 제왕과 무슨 관계지?"

"호오, 마수의 제왕을 알고 있습니까? 그를 아는 이는 거의 없을 텐데. 하하! 이러니 엘 님에 대해 더욱 호기심이 생겨나는군요."

켈그라인은 탐색의 의미가 섞인 눈으로 티엘을 훑어보았지만 어떠한 것도 읽어내지 못했다.

"질문에 대답이나 해줬으면 좋겠는데."

"그러지요. 마수의 제왕은 이름만 알고 있을 뿐, 이렇다 할 친분은 없습니다. 오히려 서로의 존재에 이를 갈고 있다고 봐야겠군요."

"그럼 마수의 제왕보다 얼마나 강하지?"

"이런, 제가 더 강할 거라고 말씀해 주시는 것입니까? 참 기쁜 일이군요. 하하!"

즐거운 듯 호탕하게 웃음을 터뜨리던 그는 어깨를 으쓱해 보였다.

"잘 모르겠습니다."

"그럼 내가 시험해 보도록 하지."

"잠시, 제 말을 들어보지 않겠습니까?"

"……."

무언으로 말을 재촉하는 티엘이었다.

그의 반응에 흥미로운 눈을 한 켈그라인은 제안을 던졌다.

"말 그대로입니다. 저는 시간을 다스리는 마왕. 초월적인 의지를 지닌 이에게 권능을 적용시키기 까다롭지만 제 스스로 권능을 적용시키는 것이 가능합니다. 저는 이제부터 육체를 세 시간 후로 돌릴 것입니다. 만약 이 육체가 타격을 입는다면 이 용살검을 드리지요, 어떻습니까?"

"흥미로운 능력이군."

"세 시간이면 엘 님과 대결이 어느 정도 결말이 나 있으리라 생각합니다만."

"지켜보지."

팔짱을 낀 채 바라보는 시선을 느낀 켈그라인은 호탕한 웃음을 터뜨리며 양손을 늘어뜨린 뒤 권능을 발현하기 시작했다.

검은 기류가 양팔을 타고 발산되면서 조금씩 전신을 휘감기 시작, 빠른 속도로 감싸 들어갔다.

휘류류!

바람이 불어오면서 기운은 켈그라인의 모공으로 흡수되었고, 조금씩 변화가 일어났다.

"크윽?"

돌연 신음을 흘린 그의 몸이 허물어졌다. 동시에 전신을 감싸고 있던 갑옷이 갈라지기 시작했다.

피슛! 피슛! 피슈슛!

검은 기운이 사방으로 뿜어지면서 엄청난 파장을 일으켰다.

"이, 이런 말도 안 되는……."

자신의 몸에서 일어난 현상에 경악성을 터뜨린 켈그라인은 황급히 권능을 회수했다.

세 시간을 돌렸던 시간을 가까스로 현 시점으로 되돌리는 데 성공한 그는 조금 전과 달리 깔끔한 모습을 하고 있었다.

비틀거리며 자리에서 일어난 그는 경악이 담긴 눈으로 티엘을 바라보았다.

"엘 님, 당신의 정체는 무엇입니까?"

"평범한 인간, 인데."

"말도 안 되는……."

"내 정체를 놓고 재미도 없는 말다툼을 할 생각은 없다. 그래서, 세 시간 후로 돌리니 어느 정도 결말이 나온 것처럼 느껴지는데."

"큭!"

켈그라인의 입에서 신음이 흘러나왔다. 자신이 한 약속인만큼 지킬 수밖에 없다는 것을 알아차린 것이다. 만약 여기에서 거부한다면 자신의 몸 상태는 방금 전 겪었던 것과 같은 형태가 될 것이다.

전신의 힘 한 줌 느껴지지 않던 몸 상태에서 적에게 발견되면 소멸을 면치 못할 것이다.

"용살검 그레인츠는 자격을 갖추지 못한 자가 쥐면 목숨을 잃습니다."

"그런 건 내가 알아서 한다. 여정 내내 널 보살펴 준 대가라 생각하고 고맙게 받지."

"…좋습니다."

티엘과 눈이 마주치는 순간, 그는 자신이 도망칠 궁리를 하고 있다는 것을 알아차린 듯했다. 이를 꽉 깨문 켈그라인은 그레인츠를 티엘에게 던졌다.

그가 받아 드는 순간, 훌쩍 물러나면서 공간 이동을 시전했다.

"하하하! 아무래도 마계가 아니니 전력을 발휘하기 힘들군요. 엘 님, 우리는 언젠가 다시 만나게 될 것입니다."

웅웅 울리는 목소리와 함께 켈그라인의 흔적은 완전히 사라져 있었다.

"기다리지."

입꼬리를 말아 올린 티엘은 용살검 그레인츠에 시선을 고정했다.

웅웅! 우우웅!

주인이 아닌 다른 자가 손에 쥔 것을 격렬하게 반항하면서 검신 전체가 요동쳤다.

마치 상대의 자격을 시험하려는 듯하여 티엘의 흥미를 자극했다.

"일개 검이 주인의 자격을 가리려고 하다니, 오만하기 짝이 없군."

조소를 흘린 뒤, 힘을 끌어 올려 단숨에 검의 기운을 억눌렀다.

콰콰! 콰콰콰!

두 힘이 충돌하면서 강렬한 충격파가 사방으로 휘몰아쳤다.

용살검이라는 위명답게 검 자체의 힘은 결코 만만치 않았다. 하지만 그러한 반항은 오래 이어지지 못했다. 티엘의 의지는 온전히 그레인츠를 억누르고 있었다.

약 삼 분여 동안 거세게 반항하던 그레인츠는 잠잠하게 바뀌었다.

"용살검이라, 중간계의 드래곤은 방심하지 못할 존재니 이걸 갖고 있는 것도 나쁘지 않겠어."

켈그라인에게 그레인츠를 빼앗은 것은 별다른 이유가 없었다.

특유의 명검 소유욕을 자극했고, 드래곤에게 더 큰 위력을 발휘한다는 점이 마음에 들었다.

우우웅!

검집에 꽂아 넣기 무섭게 그레인츠가 검명을 일으켰다. 그것을 느낀 티엘은 검집을 꽉 움켜쥐면서 주인임을 다시 한 번 각인시켰다.

클레디오 백작을 챙겨든 티엘은 격전지를 벗어나 인근 마을에 도착해 자신이 있는 위치를 파악했다.

그러다 제국 동부의 고원지대였다는 것을 깨닫고는 피식 웃음을 지었다.

"제법 소심한 드래곤이로군."

매스 텔레포트 시전 당시 동원된 마나량이 그리 많지 않다는 것을 알았지만 설마하니 제국 동부로 이동할 줄은 몰랐다.

현재 제국 동부는 헤셀 백작이 장악하고 있는 곳이고, 이곳에서 클레디오 백작령까지 가려면 이십여 일 동안 움직여야 했다.

하지만 클레디오 백작이 정신을 차리지 못하고 있으니 그 기간은 더 늘어날 것임이 분명했다.

"귀찮은 일만 늘어나는군."

의도치 않은 드래곤과의 대결로 시간만 허비하게 된 티엘은 눈살을 찌푸렸다. 당장 가문에 연락을 취해 편히 배를 타고 이동하고 싶었지만 이곳은 헤셀 백작가였고, 현재 전쟁을 벌이고 있는 만큼 그마저도 쉽지 않았다.

마을로 가서 가장 먼저 한 것은 마차를 구입하고 마부를 고용하는 일이었다.

클레디오 백작을 데리고 가기 위해서는 가장 효율적인 운송 수단이 마차라 여긴 것이다.

쓸 만한 마차를 구입한 뒤, 셰어드 요새로 향하는 길까지 일할 마부의 나이는 의외로 젊었다.

"로빈입니다, 잘 부탁드립니다."

"조건은 간단하다. 셰어드 요새까지 갈 것이고, 이후에 말과 마차는 네게 줄 것이다."

"충분하다 못해 넘칩니다. 최선을 다해 셰어드 요새까지 보필하겠습니다."

"좋다."

로빈이라고 소개한 마부의 나이는 이십 대 후반 정도였고, 잘 훈련된 근육질의 몸이었다.

순한 얼굴에 기질도 바른 것 같아 오래 고민하지 않고 그를 고용하였다.

클레디오 백작을 안에 둔 티엘은 눈살을 찌푸리며 고개를 저었다.

"이래저래 귀찮게 구는군."

그의 요청만 아니었다면 황도로 향할 필요 없이 로즈 문제를 해결하고 수련의 나날을 보냈을 것이다. 하지만 결국 도움을 요청했고, 자신은 받아들였다. 그로 인해 적지 한가운데를 헤쳐 나가야 하는 상황에 처했다.

"깨어나지 못하면 어쩔 수 없지만, 깨어나면 단단히 받아내야겠군."

그나마 수확이라면 클레디오 백작의 몸을 차지하려던 카를렌스가 소멸되었고, 시간을 다스리는 마왕 켈그라인의 존재를 알게 되었다는 것, 그리고 드래곤과 극성의 성질을 지닌 그레인츠를 얻었다는 점이다.

클레디오 백작이 정신을 차릴 수 있을지 장담할 수 없었지만 드래곤의 지배가 끝난 상황에서 스스로 정신을 닫아버릴 만큼 얼간이는 아니라고 생각했다.

"출발하지."

"예."

로빈의 힘찬 외침과 함께 마차는 헤셀 백작령을 횡단하기 시작했다.

처음 티엘의 존재는 누구에게도 알려지지 않았다.

이동하는 내내 마차에 탑승했을 뿐만 아니라 외부적인 활동도 극히 적었던 것이다.

노출 빈도가 적은 그를 일면식이 없는 이가 알아본다는 것은 불가능했다.

하지만 그러한 비밀은 우연히 황도에서 마주했던 근위병 출신에 의해 알려지게 되었다.

거액을 받고 팔아넘긴 정보는 신속하게 헤셀 백작에게 전해졌다.

"로운 후작이 영지 내에 있다고?"

그의 얼굴이 신중함으로 물들었다.

그답지 않은 표정이었지만 지금은 신중을 기할 수밖에 없었다.

로운 후작이라면 현재 아이주 지방을 놓고 힘겨루기를 하는 중이다. 청크 지방을 차지하기 위한 작전의 일환이었지만 그의 존재감은 결코 작지 않았다.

만약 로운 후작이 사라진다면?

배후에서 귀찮게 구는 로운 후작가는 더 이상 힘을 발휘하지 못할 것이다.

"로운 후작이 확실한가?"

"예! 정보를 수집한 뒤 삼중으로 대조해 본 결과, 로운 후작이 확실하다고 합니다."

"그럼 정보부의 결정은?"

"할 수 있다면 제거가 최선이라 생각합니다."

"제거라……."

절대강자로 불리는 로운 후작을 제거하는 일이다.

결코 쉬운 일이 아닐 터였기에 헤셀 백작은 쉬이 결정을 내리지 못했다.

현재 아이주 지방은 카미엘 자작이 연전연패를 거듭하면서 사실상 장악력을 잃었다고 봐도 무방했다.

그럼에도 후퇴 명령을 내리지 않는 것은 청크 지방을 차지하기 위한 시간을 벌기 위함이다.

이런 상황에서 절대강자인 그를 제거한다면 반향은 클 수밖에 없다.

"어느 정도 규모로 생각하고 있지?"

"그게, 절대강자의 무위가 어느 정도인지 정확하게 알 수 없는지라……."

머뭇거리는 정보원의 모습에 눈살을 찌푸린 헤셀 백작이 되물었다.

"현재 동원 가능한 전력은?"

"삼만의 병력과 오백의 기사입니다."

"오백의 기사라, 단기간에 끌어모으기에는 시간이 걸리겠군."

"예."

청크 지방 공략을 위해 은밀히 모은 힘이었기에 동원이 가능했다.

하지만 그 숫자로 절대강자를 제거할 수 있느냐 여부는 새로운 사실이었다.

"먼저 자잘한 수로 제거를 시도해 보도록 하겠습니다."

"자잘한 수?"

"예, 그가 먹는 음식에 독을 타거나, 저주 마법을 시전하거나 하는 행동입니다."

"계속 말해보도록."

"로운 후작은 마차에 탑승하여 이동 중이며, 정확하게 영지를 횡단하고 있다고 합니다. 그 기간이 열흘 이상 걸릴 것인 만큼 집요하게 암살 시도를 하여 최대한 힘을 빼놓고자 합니다. 제아무리 초인이라고 하나 잠도 이루지 못하고, 음식 섭취도 원활하지 못하다면 힘이 빠질 것이고, 미리 준비해 놓은 덫으로 마지막 마무리를 할 수 있을 거라 생각합니다."

"덫이라, 흥미롭군."

열흘이 넘는 시간 동안 잠을 이루지 못한다면 그 누구도 견뎌낼 수 없을 터였다.

고문 중에서도 가장 악독한 고문이 잠을 이루지 못하게 하는 것이었으니까.

정보원의 보고로 헤셀 백작은 티엘을 잡을 수 있는 방법의

윤곽을 잡을 수 있었다.

"좋다. 정보부에서 주도적으로 방해 공작을 펼치도록, 그리고 군을 모조리 동원해서 로운 후작을 잡을 덫을 만들도록 한다."

"예, 주군!"

헤셀 백작의 결정에 정보원의 목소리가 높아졌다.

처음 며칠 동안은 편안히 이동할 수 있었다.

하지만 이상 기류가 느껴진 것은 불과 며칠이 지난 후였다.

마차로 이동한 뒤, 저녁 무렵 도착한 마을 여관에서 식사를 하던 티엘은 스프 한 숟가락을 입에 넣더니 미간을 지그시 모았다.

"흠."

"왜 그러십니까?"

"그 음식, 먹지 않는 것이 좋을 것 같군."

"예?"

"목숨이 아깝다면 스프에서 손을 떼도록. 독이 들어갔다."

"도, 독이란 말입니까?"

기겁하는 로빈의 반응이 이어지기 무섭게 여관 곳곳에서 살기가 느껴졌다. 일개 세력이 동원하기에는 그 규모가 상상 이상이었기에 티엘은 고개를 끄덕였다.

"아무래도 알아차렸나 보군."

자신의 존재를 알아차린 헤셀 백작의 소행일 확률이 높았다.

"마차로 간다."

"예, 예."

얼떨떨한 얼굴로 대답하던 로빈은 티엘의 뒤로 불쑥 한 신형이 나타나 칼을 휘두르는 걸 보며 기겁했다.

"조……."

쩌엉!

경고를 하려던 그의 입은 다물어질 수밖에 없었다. 검이 허공을 가르는 순간, 반투명한 막이 생성되더니 그대로 암살자를 튕겨낸 것이다.

카가가각!

십여 개의 검이 전신을 노리고 달려들었다가 튕겨 나갔다. 어느새 포위망을 구축한 십여 명의 암살자를 보며 티엘은 고개를 끄덕였다.

"제법 성대하군."

여관 안부터 시작해서 밖까지 얼마나 많은 암살자가 있는지 헤아리기 힘들 정도였다.

하지만 그것뿐, 여느 때처럼 앞으로 나아갔다.

"죽기 싫으면 내 뒤로 바짝 붙어라."

"……."

로빈은 대답할 겨를도 없이 서둘러 뒤로 따라붙으며 이동
했다.

쾅!

티엘의 손짓에 문이 부서지고, 앞에는 마차가 존재했다. 암
살자들은 이미 마차를 장악하고 있었다. 그리고 막 문을 열려
던 순간, 검집에 꽂혀 있던 검이 허공 위로 떠오르며 푸른 오
러에 휩싸였다.

그것은 단숨에 공간을 격하고 날아가 마차를 점거한 암살
자를 베어버렸다.

"크아악!"

푸른 불꽃에 휩싸인 암살자는 섬뜩한 비명과 함께 목숨을
잃었다. 마치 의지를 지닌 것처럼 허공을 자유롭게 이동하던
검은 마차 근처의 암살자를 하나씩 제거해 나갔다.

"마차를 몰도록."

얼빠진 듯 아무 행동도 하지 않는 로빈을 밀어버리자, 고개
를 끄덕인 뒤 마부석에 올랐다. 티엘은 안으로 들어가지 않고
옆좌석에 앉아 자리를 지켰다.

그러는 순간에도 허공을 나는 검은 암살자를 하나씩 확실
하게 제거했다.

푸른 불꽃을 발산하며 적을 말살하는 검은 공포 그 자체

였다.

"이럇!"

그사이 정신을 수습한 로빈은 마차를 몰아 여관을 벗어났다. 아직 살아남은 암살자들이 우르르 몰려 나왔지만 속도가 붙은 마차를 따라잡기에는 역부족이었다.

쥐 죽은 듯 조용한 마을 풍경을 보며 티엘은 미간을 좁혔다.

"처음부터 계획적이었군."

예상했던 것보다 훨씬 빠른 시간에 발각되었기에 그의 표정은 좋지 못했다.

"궁금한 게 있는 모양인데."

"대, 대체 귀족 님의 정체가……."

목숨을 구해야 했기에 마차를 몰기는 했지만 수십 명이 넘는 암살자를 대수롭지 않게 처리한 티엘의 무위는 충격 그 자체였다.

그때까지 허공에 떠 있던 검을 낚아챈 티엘이 태연히 검집에 갈무리하며 자기소개를 했다.

"로운 후작이다."

"헉!"

"일이 있어 이쪽에 떨어졌지. 셰어드 요새로 향하려는데 헤셸 백작이 알아챈 것 같다."

두 가문은 아이주 지방에서 치열한 전쟁을 벌이고 있는 만큼 헤셸 백작이 가만히 있을 리 없었다.

여전히 경악한 표정을 감추지 못하는 그를 보며 티엘이 되물었다.

"그래서, 계약을 물릴 생각인가?"

"그, 그건 아니지만……."

"원하는 게 있나 보군."

"이대로 돌아가면 저는 죽을 것이 분명합니다. 제 목숨을 구해주십시오, 후작 각하!"

티엘이 이동하는 마차를 몰았으니 로빈은 이래나 저래나 목숨이 위태로운 지경에 처하게 되었다. 이대로 마차를 몰아도 암살자에게 죽음을 당할 수 있고, 아니면 분노한 헤셸 백작에게 죽을 것이 분명했다.

"흠, 그것도 그렇군."

"제발!"

"좋다, 네 목숨도 최대한 보호하도록 하지. 그때까지 내 지시를 따르도록. 할 수 있나?"

"예!"

졸지에 말려든 로빈으로서는 선택할 여지가 없었고, 그나마 티엘이 보호해 준다는 것이 유일한 위안이었다.

눈에 띄게 밝아진 그의 표정을 보고 미간을 찌푸리던 티엘은 가볍게 고개를 저었다.

자신의 목숨이 소중하지 않은 사람은 없는 법이다.

"그나저나 일이 귀찮게 되었군."

이게 시작이라는 생각에 티엘이 나직이 중얼거렸다.

그의 예상은 틀리지 않았다.

첫날 습격이 예고에 불과했다는 듯, 그다음부터 집요한 공격이 이어지기 시작했다.

마을에 들를 때면 독을 탄 음식과 수십 명에 달하는 암살자가 나타났다.

우물에 독을 풀고, 갖가지 함정을 설치하여 이동 속도를 지연시키려고 했다.

티엘의 압도적인 무위로 피해는 크지 않았지만 그동안 어떠한 휴식도 취하지 못했고, 마부인 로빈 또한 마찬가지였다. 얼마나 피곤했는지, 졸면서 말을 몰 정도였다.

잠깐의 틈이 드러날 때마다 이어지는 파상공세는 티엘을 지치게 만들려 하였다.

며칠 이어지는 습격 속에서 고민을 거듭하던 티엘이 로빈을 불렀다.

"부르셨습니까."

"굉장히 피곤해 보이는군."

"예……."

사흘 동안 잠을 이루지 못한 로빈은 당장 죽어도 이상하지 않을 정도로 피폐해져 있었다.

일반인이라면 견뎌내지 못할 일들이었지만 사흘이란 시간을 버틴 것만으로도 그의 의지는 남들보다 우위에 있다는 걸 의미했다.

"지금 부른 건 지금 이어지는 적의 습격에 관련된 것이다."

"말씀하시지요."

"이대로 이동하게 되면 습격의 강도는 점점 더 강해지겠지. 그리 되면 더 이상 넌 견디지 못하게 될 것이다."

"그렇습니다."

사흘 동안 쉬지 못한 것만으로도 인간이 이토록 무기력해진다. 로빈은 죽어도 좋다고 생각할 정도로 지쳐 있었고, 어떻게든 눈을 붙이고 싶었다.

"지금부터 세 시간을 주겠다. 그 시간 동안 휴식을 취하도록. 그리고 깨어난 뒤, 사흘을 꼬박 새서 헤셀 백작령을 벗어날 것이다."

처음 이어진 말에 환한 표정을 짓던 로빈의 표정이 이내 까맣게 죽었다.

달콤한 세 시간의 휴식 이후, 사흘 동안 이어지는 지옥의 행군이었다.

과연 인간의 몸으로 견뎌낼 수 있을까?

로빈은 회의감이 들었다.

"이것이 내가 해줄 수 있는 전부다. 할 수 있나?"

"저는……."

"어렵다면 이 자리에서 편히 쉬게 해주지."

"……."

뭐라 말을 하려던 로빈은 입을 다물었다. 죽을 만큼 힘이 들었지만 아직 삶을 포기하기에는 하고 싶은 것이 너무나 많았다.

"할 수 있나, 할 수 없나?"

"하겠습니다. 반드시 해내겠습니다."

"눈의 독기, 마음에 드는군. 그럼 쉬어라."

티엘이 가볍게 손으로 쿡 찌르자, 로빈의 몸이 무너져 내렸다.

지금부터 세 시간, 그 시간 동안 꿀맛과도 같은 휴식을 취한 뒤 지옥의 행군을 경험하게 되리라.

"얼마나 성대한 준비를 해뒀는지 기대해 보지."

헤셀 백작 휘하의 퓌스트 남작은 이번 포위 작전의 총책임을 맡았다. 수십 년 전부터 휘하에서 작전을 수행해 온 그는 헤셀 백작의 의도를 완벽하게 이해하고 촘촘한 포위망을 구축한 뒤 티엘을 기다리고 있었다.

"현재 마차는 자리에 멈춰 있다는 정보입니다."

"공격 여부에 대해서는?"

"부정적입니다. 절대강자인 로운 후작이 이 정도로 지쳤을 리 없다는 것이 정보부의 판단입니다."

"그럼?"

"아무래도 결정을 내리고 있는 것 같습니다."

"결정?"

"정면 돌파를 할지, 아니면 타협을 할지 여부에 대해서 생각하는 것입니다."

퀴스트 남작의 얼굴에 비웃음이 걸렸다.

"정면 돌파라, 이 정도 규모의 군을 앞에 두고 정면 돌파를 한다고?"

그의 반응은 당연한 것이다. 현재 티엘이 움직일 것으로 예상되는 길목에는 무려 오백의 기사와 삼만의 병사가 물샐 틈 없는 포위망을 구축하고 있다.

제아무리 절대강자라고 해도 이것을 벗어나는 것은 불가능한 일이다.

그동안 주제를 모르고 날뛰던 로운 후작을 잡을 절호의 기회라 그는 보았다.

"백작 각하께서 방심은 금물이라 하셨습니다."

"맹수는 사냥감을 사냥하기 위해 최선을 다하지. 나 또한 마찬가지다. 주군의 의도를 알고 있고, 상대가 절대강자인 만큼 사냥감으로 차고도 넘친다. 방심하는 일 따위는 없을 테니 시답지 않은 걱정을 할 필요는 없다."

"제가 주제 넘는 말을 했습니다."

휘스트 남작의 사나운 눈길을 받은 정보부 요원은 고개를 숙였다.

"이런 것 가지고 신경전을 벌일 생각 따위는 없다. 실시간으로 로운 후작의 움직임을 보고하도록."

"예."

물러나는 정보부 요원을 보며 뤼스트 남작의 표정이 일그러졌다.

"한 줌 권력을 쥐려고 아등바등하는 꼴이라니."

가신 어느 누구도 전폭적으로 신임하지 않는 헤셀 백작이었기에 모두들 환심을 사기 위해 필사적인 모습을 보이고 있었다.

그것이 마음에 들지 않았던 뤼스트 남작은 고개를 휘휘 저은 뒤 티엘이 있는 곳을 노려보았다.

"와라, 로운 후작. 네놈의 명성을 확실하게 짓뭉개 주지."

깊은 잠에 빠져 달콤한 순간을 만끽하고 있던 로빈은 깊은 수면 아래 가라앉아 있었던 정신이 위로 떠오르는 것을 느끼며 눈을 떴다.

"으으으……."

죽을 것처럼 괴롭던 몸은 마치 마법에 걸린 것처럼 멀쩡해져 있었다.

흐릿하게 들어오는 세상 풍경에 느릿느릿 자리에서 일어서던 그는 귓가에 울려 퍼지는 목소리를 듣고 정신이 퍼뜩 깨는 걸 느꼈다.

"준비는 됐나."

"헉! 예, 예!"

그제야 자신이 어떤 상황에 처했는지 알아차린 로빈은 황급히 자리에서 일어났다.

"몸이 어느 정도 회복되었나 보군."

"예, 정말 감사합니다."

"이제부터 죽을 만큼 괴로운 이동이 시작될 것이다. 내 능력껏 보호할 테지만 제풀에 지쳐 나가떨어지면 죽어도 신경 쓰지 않을 것이다. 무슨 말인지 알고 있겠지?"

"최선을 다하겠습니다!"

티엘의 호의가 거짓이 아니란 것을 알아차린 로빈은 힘차게 고개를 끄덕였다.

잠들기 전만 해도 힘 하나 없던 몸이 마치 푹 자고 일어난 것처럼 쌩쌩했다. 자신은 단지 세 시간 수면을 취했을 뿐이니 그사이 티엘이 어떤 조치를 취해주었다는 이야기가 된다.

먼저 믿음을 보여주었으니 이제 자신이 그 믿음에 보답할 차례다.

"그럼 이동한다."

티엘의 말이 떨어지자 로빈은 마차를 몰고 이동을 시작했다.

"오는군."

멈춰 있던 마차가 움직이기 시작했다는 보고를 받은 퓌스트 남작이 눈을 빛냈다.

세 시간 동안 정지해 있다는 소식에 공격 명령을 내리려던 그였다. 마치 타이밍을 빼앗는 것처럼 절묘한 순간에 움직이는 것이 마음에 들지 않았지만 상황이 상황인 만큼 포위망을 단단히 구축한 뒤, 기다렸다.

잠시 후, 마차 한 대가 빠른 속도로 접근하기 시작했다. 그것이 티엘이 타고 있는 마차였다.

포위망 안으로 진입하는 마차는 점점 속도를 줄여 나갔다. 그리고 포위망 중앙에 들어선 마차는 완전히 멈춰 섰다.

말을 몰고 앞으로 나간 퓌스트 남작은 마부석에 타고 있는 티엘에게 시선을 고정했다.

"로운 후작!"

"넌 누구지?"

"나는 헤셀 백작 각하 휘하의 퀴스트 남작이다! 로운 후작 그대는 지금 완전히 포위되었다. 지금이라도 항복을 한다면 적장으로 대우해 줄 것을 약속하겠다."

"웃기는 소리로군. 나를 잡을 자신이 있다는 건가?"

"지금 이곳에는 오백의 기사와 삼만의 병사가 포위망을 구축하고 있다. 그대가 절대강자가 아니라 절대강자의 할아버지라도! 이 포위망은 절대 뚫을 수 없다."

의도적으로 숫자를 흘린 퀴스트 남작은 가슴을 쭉 펴면서 티엘을 압박했다.

"제법 많이 모이기는 했군. 하지만, 이 정도로 날 사로잡으려고 하다니, 어리석군."

"끝내 벌주를 선택하겠다는 건가?"

"혼자서 제안하고 화를 내다니, 멍청한 녀석이 아닐 수 없군."

큰 목소리는 아니었지만 마치 옆에서 속삭이는 것처럼 티엘의 육성은 모두의 귀에 울려 퍼지고 있었다.

"으음!"

삼만이 넘는 휘하 병력이 있는 곳에서 조롱당한 퀴스트 남작은 밑에서 분노가 끓어오르는 것을 느꼈지만 필사적으로 참아냈다.

"거절한 것으로 알지."

"방금 말한 걸 다시 말하는 걸 보면 어지간히 멍청한 녀석이로군."

"모두 공격 준비."

더 말을 나눠봤자 분노뿐이라는 걸 알아차린 퓌스트 남작은 대답하지 않고 공격 대기 명령을 내렸다.

곳곳에 포진한 기사들이 검을 뽑아 들고, 병사들이 진영을 갖추기 시작하자 티엘도 더 이죽거리지 않았다.

"이제부터 시작이니 이 꽉 물고 몰도록, 가라."

삼만이 넘는 병력이 포진하고 있는 곳을 정면으로 돌파하라는 말이 허황되었지만 로빈에게는 선택의 여지가 없었다.

눈을 꽉 감고 배에 힘을 준 채 마차를 몰았다.

"이랏!"

눈앞에 가득 포위망을 구축하고 있는 병사들이 새까맣게 들어왔다.

방금 전에 퓌스트 남작이 말하지 않았던가.

그 숫자는 물경 삼만, 숨이 턱턱 막힐 정도로 위압감을 가져다주는 숫자였다.

범인이라면 전신을 장악해 나가는 두려움 때문에 기가 질려 어떠한 행동도 하지 못했을 것이다.

하지만 티엘은 달랐다. 그는 지금 상황이 그 어떤 때보다 익숙했다.

'오랜만이군.'

마계의 마수들을 상대할 때, 천사들을 추앙하던 인간들을 상대할 때 이렇게 많은 숫자가 몰려들고는 했다. 티엘은 그때를 떠올리며 전신의 힘을 개방했다.

우우웅.

검집에 걸린 검이 거세게 떨리면서 맑은 검명이 울려 퍼졌다. 그와 동시에 반투명한 막이 마차 전체를 감싸기 시작했다.

"이, 이게!"

"조용히 마차나 몰도록."

깜짝 놀란 로빈이 마차를 잘못 몰 뻔했지만 가볍게 주의를 준 티엘은 전방을 주시했다. 기사단을 필두로 활시위를 겨누고 있는 병사들을 보며 나직이 중얼거렸다.

"오러 필드."

공간검을 유형화시키는 비기.

현재로 돌아온 뒤 단 한 번도 사용하지 않았던 심득이 세상에 모습을 드러냈다.

파파팟!

반투명하던 기운이 형태를 드러내면서 푸른빛을 띠었다. 그것은 견고한 오러로 이루어진 티엘의 의지로, 누구의 침입도 허락하지 않는 철옹성이었다.

상황을 지켜보던 퓌스트 남작이 손을 들자, 장교들의 외침이 곳곳에 울려 퍼졌다.

"쏴라!"

피빙! 피비비빙! 피비비비!

수도 없이 많은 화살이 쏟아지기 시작했다. 수천 명의 궁수가 쏘아대는 활은 허공에 뒤엉켜서 방향을 잃을 만큼 새까맣게 허공을 채우고 있었다.

포물선을 그리며 쏘아진 화살비는 정확히 마차를 향해 쏟아졌다.

티딩! 티디디딩!

둔탁한 충돌음과 함께 화살은 오러 필드에 가로막혔다. 강렬한 힘을 머금은 화살의 위력은 굉장했지만 오러 필드는 누구도 꿰뚫지 못했다.

화살비를 받아내며 마차는 단숨에 기사단이 포진한 곳으로 달려갔다.

티엘이 손을 들자, 오러 필드 주변에 푸른 기운이 응집했다. 그 숫자는 하나둘씩 늘어나기 시작하더니, 이내 백여 개에 가까운 숫자로 늘어났다.

돌격 준비를 하던 기사들은 그것의 정체를 알아차리고는
경악성을 터뜨렸다.

"오러 서클!"

오러 블레이드를 응집시킨 마스터의 비기였다. 절대적인
관통력을 지니고 있어 누구도 막을 수 없다고 알려진 오러 서
클이 무려 백여 개.

전의를 잃게 만들기 충분한 숫자였다.

"가라."

나직한 티엘의 중얼거림과 함께 오러 서클이 쇄도했다.

"물러나! 모두 물러나!"

오러 서클은 마스터가 아니고서 막아낼 수 없는 비기였다.
기사들은 후퇴를 하려고 했지만 돌격 준비를 하던 과정이었
기에 서로 뒤엉키면서 꼴사납게 넘어지기 시작했다. 그리고
그 뒤를 덮친 것은 오러 서클이었다.

쾅! 콰광! 콰과과과광!

유성처럼 끊임없이 쏘아지는 오러 서클은 공포 그 자체였
다.

"으악!"

"끄아아아!"

흙먼지가 자욱하게 피어오르면서 시야가 가려졌지만 오러
서클이 일으킨 폭발은 곳곳에서 비명이 터져 나오게 만들었

다. 난장판이 된 진영을 단숨에 지나쳐 앞으로 나아갔다. 기사들은 빠르게 자리를 잡으려고 했지만 티엘의 압도적인 힘 아래 진영이 분쇄되었다.

그 광경을 바라보는 퓌스트 남작의 눈이 시뻘겋게 물들었다.

백여 명의 기사로 이루어진 기사단이 단 한 수에 무너진 것이다. 그것이 어마어마한 비기였지만 그냥 넘어갈 수 없는 일이다.

"활을 쏴! 쏘란 말이다!"

발악하듯 소리치자, 다시 한 번 화살비가 마차를 향해 쏟아졌다.

티딩! 티디디딩!

수백, 수천 발의 화살비가 쏟아졌지만 오러 필드를 뚫지 못했다.

한 수로 기사단을 무너뜨린 티엘은 적의 진영을 바라보며 눈가를 찌푸렸다.

"흠."

적당히 겁을 주면 흩어질 줄 알았지만 퓌스트 남작의 지휘는 제법 견고했다.

그렇다면 답은 하나다.

적의 지휘관 목을 취함으로써 명령 체계를 완전히 무너뜨리는 것.

"지휘부를 제거해야 하는군."

작은 중얼거림과 함께 검집에서 용살검 그레인츠가 뽑혀져 나왔다. 그리고 푸른 오러에 휩싸여 찰나의 순간 공간을 격하고 퀴스트 남작에게 쇄도했다.

정신없이 병력을 지휘하고, 기사단의 돌격을 독려하던 퀴스트 남작은 공간을 가르고 쇄도하는 검 한 자루를 보며 반사적으로 검을 들어 막았다.

하지만 돌아온 것은 견뎌낼 수 없는 극렬한 고통이었다.

"크아아악!"

비명과 함께 검을 쥔 오른팔이 떨어졌다. 볼품없이 바닥에 뒹군 팔이 보였지만 퀴스트 남작의 정신은 티엘의 검에 쏠려 있었다. 의지를 가진 것처럼 허공을 누빈 검은 둥근 궤적을 그리며 재차 퀴스트 남작을 노렸다.

"사령관님을 보호하라!"

한 박자 늦게 다가온 호위기사들이 검을 들어 퀴스트 남작을 에워쌌지만 오러 블레이드 중에서 검 본연의 힘을 끌어낸 오러 파이어는 마스터조차 가로막을 수 없는 비기 중 비기였다.

이글거리는 푸른 오러가 휘몰아치며 적을 휩쓰는 순간, 낙엽처럼 사방으로 흩어졌다.

"으악!"

"마, 막을 수 없어."

오러에 휘말린 기사 한 명이 갈가리 찢어지며 고깃덩어리가 되어 쓰러지자, 호위기사들의 입에서 비명 섞인 소리가 흘러나왔다.

저항할 수 없는 이 압도적인 힘을 누가 막아낼 수 있단 말인가.

티엘의 검이 기사들을 학살하며 쇄도하는 것을 본 퀴스트 남작은 발악하듯 소리쳤다.

"막아라! 막으란 말이다!"

어떻게든 상황을 모면하고자 목소리를 높였지만 용살검 그레인츠는 푸른 오러에 휩싸여 호위기사 하나하나를 확실하게 제거하며 쇄도했다.

그리고 섬전처럼 쏘아져 단숨에 퀴스트 남작의 목을 꿰뚫었다.

"컥! 내, 내가 이렇게 허망하게……."

절대강자 로운 후작을 잡겠다는 목표를 가지고 있었지만 돌아온 것은 처참한 죽음이었다.

말에서 굴러 떨어진 퀴스트 남작은 눈도 감지 못하고 생을 마감했다.

"사령관님!"

곳곳에서 비명이 터져 나왔다. 총사령관이었던 퓌스트 남작의 죽음은 충격적이었다. 병사들을 지휘하던 기사 하나가 분개하면서 목소리를 높였다.

"익! 전군! 당장 적에게 활을… 컥!"

그는 채 말을 끝맺지 못하고 죽었다. 그레인츠가 단숨에 목을 꿰뚫은 것이다.

이후에도 몇몇 기사들이 목소리를 높여 지휘를 하려고 했지만 그때마다 쇄도한 그레인츠의 제물이 되고 말았다.

그사이 티엘이 탄 마차는 삼만 군의 포위망을 정면으로 돌파하고 있었다.

"끈질기군."

압도적인 무위에 기가 질린 병사들이 분분이 물러났지만 포위망을 구축한 기사들이 빠른 속도로 뒤를 쫓고 있었다. 미간을 지그시 모은 티엘은 그레인츠를 회수한 뒤, 다시 한 번 오러 서클을 생성했다.

우웅! 우우웅!

그의 의지 아래 생겨난 오러 서클의 숫자는 조금 전보다 더 많았다.

약 두 배 더 많은 이백여 개의 오러 서클은 달려드는 기사들에게 날아들었다.

콰광! 콰과과광!

"으아악!"

"크악!"

"안 돼!"

사람과 말의 비명 소리가 뒤섞이며, 처참한 현장을 만들어 냈다. 추격을 한 꺼풀 벗겨낸 티엘은 앞을 향해 시선을 옮기니, 퓌스트 남작이 만든 것처럼 보이는 장애물이 눈에 들어왔다.

그레인츠를 뽑아든 그가 조수석 위에 서서 검을 휘두르자, 반달 모양의 거대한 오러 블레이드가 장애물을 향해 날아갔다.

슈아악! 쫘과과광!

바위가 부서지며 조각들이 사방으로 날아들었다. 장애물을 지키고 있던 병사들은 비명을 지르며 도망가기 바빴다.

차를 향해 날아든 몇몇 파편은 오러 필드를 뚫지 못하고 저만치 바닥에 처박혔다.

장애물마저 부숴 버리니, 앞을 가로막는 건 아무것도 없었다.

티엘은 어안이 벙벙한 표정으로 상황을 바라보는 로빈에게 명령을 내렸다.

"뚫렸군. 바로 전진하도록."

"예!"

히히힝!

탄력을 받은 마차는 더욱 빠른 속도로 포위망에서 벗어났
다.

제8장

히드로 2세와 레디븐 백작

제국 동부에서 벌어진 한 편의 신화는 제국 사람들을 전율에 몰아넣기에 부족함이 없었다.

오백의 기사와 삼만의 병사가 구축한 견고한 포위망!

그리고 그것을 홀로 뚫은 절대강자의 무위!

티엘이 무슨 이유로 헤셀 백작령에 있었는지는 중요하지 않았다.

그는 마차에 탑승하고 있었으며, 헤셀 백작은 로운 후작이라는 단 한 사람을 잡기 위해 오백의 기사와 삼만의 병력을 동원했다.

아이주 지방을 차지하기 위한 결정이라면 상당히 빠른 판단이었다.

하지만 결과는 대실패!

포위망을 책임지던 퀴스트 남작은 목숨을 잃었고, 수많은 기사와 병사가 목숨을 잃었다.

처음 소문을 접한 사람들은 단 한 사람이 만들어낸 상황이란 것을 믿지 못했다.

그들에게 있어 절대강자란 전장에서 압도적인 힘을 발휘하되, 뒤를 받쳐주는 전력이 있기에 강하다는 생각이 지배적이었다.

단신으로 오백의 기사와 삼만의 군을 상대로 승리를 거둔 신위를 보일 수 없다는 뜻이었다.

그러나 티엘은 그것을 해냈다.

푸른 오러로 마차를 감싼 채, 수백 개의 오러 서클을 생성, 기사단을 단숨에 궤멸시키고 오러 파이어를 이용하여 지휘부 전체를 날려 버린 것은 그야말로 전쟁의 상식 자체를 바꾸는 신위였다.

더 큰 타격은 지휘부를 잃은 병사들이 뿔뿔이 흩어져서 도망치다가 곳곳에 도적을 전락했다는 점이다.

상벌이 명확한 헤셀 백작가는 패장에게 자비란 존재하지 않았다.

그 사실을 잘 알고 있는 병사들은 돌아가 봤자 기다리는 것은 가혹한 형벌뿐이라는 것을 알았고, 결국 도적 무리로 전락하게 되었다.

문제는 그렇게 도적으로 변모한 병사들이 상당수란 점이다.

오백의 기사와 삼만의 군을 동원했지만 무사히 가문으로 돌아온 것은 이백이 조금 안 되는 기사와 일만의 병사였다.

당시 티엘과의 충돌로 죽은 기사가 이백이 넘고, 오백의 병사가 전부라면, 나머지는 그 다음 지휘부가 없는 상황에서 입은 피해란 뜻이 되었다.

빠르게 번져 나간 이 사건은 제국 사람들을 전율에 빠져들게 만들었다.

수백의 기사와 수만의 병사로 어쩌지 못한 티엘은 인간이 아닌 검신으로 추앙받기에 이르렀다.

쾅!

요란한 소리와 함께 탁자 유리에 금이 쩍 갔다. 하지만 그것을 신경 쓰지 못할 만큼 헤셸 백작이 받은 충격은 컸다. 반드시 로운 후작을 잡겠다고 다짐했지만 그의 눈은 파르르 떨리고 있었다.

"어찌, 어찌……."

임무를 맡긴 퀴스트 남작이 죽고, 열심히 양성한 기사가 대거 목숨을 잃었다. 뿐만 아니라 집결시켜 놓은 정예병마저 도적으로 전락했다.

단 한 사람을 사로잡기 위해 세운 계획 치고 피해는 너무나 컸다. 헤셀 백작은 지금 상황이 꿈인지 현실인지 분간이 되지 않을 정도로 받은 충격이 컸다.

"안 돼. 전력을 추슬러야 한다. 이대로는 안 돼."

상당수 전력을 잃은 지금, 청크 지방의 레임이 군을 집결시키고 있다는 소식이 전해졌다. 나아가 레디븐 백작가도 언제 경계를 넘을지 모른다.

다급해진 헤셀 백작은 이러다가 다른 패배자들처럼 같은 위기를 겪을 수 있다는 생각을 하게 되었다.

모든 것을 잃고 처참한 몰골로 목을 잘리는 것은 절대 원하는 것이 아니다.

헤셀 백작은 필사적으로 머리를 굴렸다.

지금 상황을 극복하기 위한 방안을.

고민에 고민을 거듭하며 생각에 잠겨 있던 그는 마침내 결정을 내리고는 고개를 나직이 끄덕였다.

"아이주 지방을 포기한다. 그리고……."

로운 후작가와 화친을 맺는 것만이 살아남을 유일한 길이었다.

이틀 동안 전력을 다하여 말을 몰아 헤셀 백작령을 벗어난 로빈은 꿀맛과도 같은 휴식을 취할 수 있었다. 산골 마을에 들려 인가에서 늘어지게 잠을 잔 그는 자리에서 일어나 밖으로 나오니 티엘이 있는 것을 보고 깜짝 놀란 표정을 지었다.

"쉬, 쉬지 않으십니까."

로빈은 티엘이 쉬는 것을 본 적이 없었다. 이틀만 잠을 못 자도 피곤해서 죽을 것 같은데 그런 기미를 보이지 않는 그가 대단하게 여겨졌다. 아직까지 그날의 돌파가 현실처럼 느껴지지 않는 것도 한 몫을 했지만.

대답 대신 차를 한 모금 마신 티엘이 로빈의 고생을 치하했다.

"수고했다."

"아, 아닙니다."

"그곳에서 네 공이 없다면 거짓이다. 보통 사람이 견뎌내기 힘든 것이었지."

삼만의 대군이 가로막는 포위망을 뚫고 마차를 모는 일은 평범한 사람이라면 해낼 수 없는 일이었다. 티엘은 며칠 동안 집중력을 잃지 않은 로빈의 정신력을 높게 샀다.

"원하는 게 있으면 들어주지."

"정말입니까?"

"그럼 내가 할 일이 없어서 거짓을 말하는 것 같나?"

"아, 아닙니다. 너무 갑작스러워서, 정말 부탁드려도 되겠습니까?"

"물론."

"……."

고개를 끄덕이는 티엘의 모습에 로빈은 입을 다물고 생각에 잠겼다.

그것은 찻잔에 담긴 차가 바닥날 때까지 이어졌다.

"저기……."

"정했나?"

"예, 다만 너무 과한 부탁인지라."

"일단 들어보도록 하지."

"저는 어린 시절 기사를 꿈꾸며 기사에 도전했습니다. 하지만 재능이 없다는 이유로 방출되었습니다."

"기사?"

로빈을 처음 보았을 때 체격이 좋다는 생각이 들었기에 고개를 갸웃한 티엘이 그의 전신을 살폈다.

전체적으로 잘 단련되어 있으며, 근육은 적당히 긴장감을 가지고 있어 기사라고 봐도 무방한 몸이었다.

처음에는 무슨 문제인지 몰랐던 티엘은 이내 한 가지 문제점을 발견하고는 고개를 끄덕였다.

"마나 순환 문제로군."

"예, 전신으로 마나를 순환시키지 못해 방출당할 수밖에 없었습니다."

"어느 가문이었지?"

"라월 남작가입니다. 헤셀 백작가 휘하에 있는 곳입니다."

"기사 가문이 아니었군."

"예? 예. 라월 남작님은 행정학을 공부한 학자셨습니다."

"그러니 방출할 수밖에. 기사 전력이 그리 강하지 않을 테니 어떻게 활용하는지 알 수 없었겠지."

"그게 무슨 말씀이신지……."

티엘의 말을 들으면서 마음속에 희망이 스멀스멀 피어나는 것을 느꼈지만 애써 억누르면서 물었다.

"본가에 너와 같은 몸 상태를 지닌 사람이 있다. 그리고 현재 기사가 되었지."

"저, 정말입니까?"

로빈의 눈이 찢어질 것처럼 크게 뜨였다. 자신의 재능은 마나를 제대로 순환시킬 수 없어 가문에서도 큰 골칫덩어리에 속했다. 어떻게든 마나를 순환시켜 마나 로드를 개척하려고 했지만 그것이 불가능하여 결국 기사의 꿈을 접을 수밖에 없었다.

절대강자인 티엘에게 부탁을 했지만 실낱같은 기대감을

가지고 물어본 것인데 자신과 같은 재능을 지닌 이가 있다니!
로빈의 두 눈이 기대감으로 가득 차기 시작했다.

"본가의 그윈이 너와 같은 몸 상태다."

"그윈? 마스터 그윈 경이란 말입니까? 맙소사! 그런 천재와
제가 같은 신체라니."

"근본은 같지만 환경은 달랐다. 그윈은 어린 시절부터 렉
스터 남작의 지도를 받았고, 혹독한 육체 단련으로 마나 로드
를 개척했지. 너같이 마나 연공법에만 매달리며 육체의 한계
를 뛰어넘지 못하면 마나를 제대로 순환시키지 못하게 되는
것이다. 아마 가르친 곳에서는 그런 체계가 없으니 적용시키
지 못했을 테지."

"그, 그런……."

"그런 곳에서 빛을 보지 못한 건 당연하다. 하지만 본가로
오면 다르다. 그윈이 수련을 하면서 쌓아놓은 결과가 있으니
늦었지만 부지런히 수련을 하면 무난하게 엑스퍼트에 오를
것이다."

"저, 정말입니까?"

"물론이다."

"너무 늦었다고 생각했는데… 감사합니다, 정말 감사합니
다."

로빈의 나이는 서른에 가까워지고 있었다. 육체의 기능이

후퇴할 나이였지만 엑스퍼트에 오를 수 있다는 티엘의 말을 듣고 감동을 참지 못했다.

"렉스터 남작에게 말해놓을 테니 정리가 끝나면 본가로 찾아오도록."

"예!"

밝게 대답하는 로빈에게 가문의 표식을 건네준 티엘은 입꼬리를 말아 올렸다.

"과연 가문에서도 내게 감사할지 모르겠군."

그의 증상은 마나 홀이 빨리 형성되어 마나 로드가 개척되기 전에 마나가 마나 홀로 향하는 현상이다. 이는 마나를 쌓는 데 유리하지만 마나 로드를 개척하기 힘들어서 높은 경지에 올라서기 힘들다.

모르는 이들에게 고칠 수 없는 체질이지만 티엘에게 있어 달랐다.

끊임없이 육체에 자극을 줌으로써 마나 로드를 단련, 더 많은 마나를 끊임없이 흐르게 만든다.

이를 위해서는 높은 수준의 기사가 도움을 줘야 한다.

몸이 정신을 뛰어넘어 단련될 때까지 패줘야 하니 말이다.

"렉스터 남작도 이제 패는데 전문가가 되었으니 적당히 하겠지."

쓸 만한 재능을 발견했다는 사실에 티엘은 환한 웃음을 지었다.

셰어드 요새에서 로빈과 헤어진 뒤, 티엘은 마블론의 환영을 받으며 요새 안으로 진입했다.

현 요새의 사령관은 마블론이었다. 절대강자의 반열에 올라선 그는 티엘의 지도를 받은 뒤 셰어드 요새에서 검을 갈고 닦고 있었다.

"주군, 소문을 들었습니다."

"아아."

"어찌하여 그곳까지……."

"사정이 있었다. 그나저나 클레디오 백작은 잘 관리하고 있겠지?"

"예, 말씀하신 대로 조치를 취했습니다. 입단속을 철저하게 했으니 걱정하지 않으셔도 됩니다."

"아직 정신을 차릴 기미가 보이지 않더군. 결과가 어떻든 휘하 기사들에게 돌려줄 생각이다."

"제국 최강이라 불린 인물이 어떻게 그리 된 건지."

은근한 어조로 묻는 마블론이었지만 티엘은 대답하지 않았다. 셰어드 요새까지 오면서 클레디오 백작은 정신을 차리지 못했다. 그의 정신이 언제 돌아올지 알 수 없는 만큼 휘하 부하들에게 돌려줄 생각이었다.

"영지로 보낸 뒤 정신을 차리면 내가 들렀다고 전하면 된다."

"예, 알겠습니다. 그런데 주군, 헤셀 백작령에 있던 소문이 정말 사실입니까?"

"소문?"

마블론은 제국 전역으로 퍼진 소문에 대해 전해주었다. 그 이야기를 들은 티엘은 입꼬리를 말아 올리며 고개를 끄덕였다.

"틀린 말은 아니군. 헤셀 백작이 예상보다 일찍 눈치채서 제법 귀찮은 일을 겪었지. 오백의 기사와 삼만의 병사가 앞을 가로막았다."

"그걸 뚫다니, 정말 놀랍습니다."

"오러를 의지 아래 둔다면 어려운 일은 아니다. 절대강자의 반열이라는 것은 곧 무한의 경지를 의미하니 어떻게 수련을 하느냐에 따라 달라질 것이다. 그러니 수련을 게을리 하지 말도록."

"알겠습니다."

"나는 예정대로 황도에 들렀다가 가문에 복귀할 것이다. 외부에 밝힌 사안이 아니니 내 거취에 대해 언급하지 말도록."

셰어드 요새를 나선 티엘은 황도로 향했다.

수행원을 거느리지 않고 정문으로 당당히 들어서면서 한 차례 소란이 발생했다.

한창 제국을 시끌벅적하게 만든 그가 황도로 들어설 수 없었던 것이다.

업무를 보던 레디븐 백작은 깜짝 놀라면서 서둘러 카이후와 제이안을 불러들여 대책을 논의하게 하였다.

"로운 후작이 왜 이곳에 온 것 같지?"

"모르겠습니다. 원체 자유롭게 움직이는 인물인지라 무슨 생각을 가지고 있는지 파악하는 것이 쉽지 않습니다."

이미 헤셀 백작가의 삼만 군대의 포위망을 뚫은 것은 사실로 드러났다.

압도적인 그의 무위는 권력자들이라면 공포에 질릴 정도였다.

삼만의 정예병으로도 막지 못할 그의 행보를 누가 제지한단 말인가.

내심 히드로 2세를 구슬림으로써 카본 대공과 하브리스 공작이라는 패를 넣어 자신감에 팽배했던 레디븐 백작은 숨을 골라야 했다.

"카이후도 모르겠나?"

"죄송합니다, 주군."

"아니, 나도 짐작조차 가지 않는데 쉽게 짐작할 수 있을 리 없겠지."

"주군에게 별다른 언질이 없는 이상 다른 용무가 있는 것으로 판단됩니다. 그것을 파악하기 위해 노력하도록 하겠습니다."

"절대 신경을 거스르지 말도록. 그런 인물과 적이 되면 안 돼."

"알겠습니다."

신신당부하는 레디븐 백작의 태도에 카이후와 제이안이 고개를 끄덕였다.

밖으로 나가고 홀로 남자 레디븐 백작은 한숨을 푹 내쉬었다.

"세상 일이 쉬운 것 하나 없군."

무슨 의도를 가지고 있는지 알고 있었다면 대응책을 마련할 수 있겠지만 그것을 모르고 있으니 답답할 수밖에 없었다.

헤셀 백작의 기를 완전히 꺾어놓음으로써 향후 정세를 주도하는 데 도움을 받았지만 언제 터질지 모르는 화약고 같은 티엘의 존재는 레디븐 백작에게 큰 부담으로 다가올 수밖에 없었다.

자리에서 일어선 그는 히드로 2세에게 보고를 하기 위하 걸음을 옮겼다.

히드로 2세가 있는 집무실에 도착한 레디븐 백작은 간략한 절차를 거친 뒤 안으로 들어갔다. 어느덧 훤칠한 청년이 된 히드로 2세가 레디븐 백작을 반겨주었다.

"어서 오시오, 레디븐 백작."

"폐하를 뵈옵니다."

"그래, 무슨 일로 찾아온 것이오?"

그를 바라보는 히드로 2세의 눈에는 신뢰가 담겨 있었다. 얼마 전까지만 해도 불신에 가득했지만 진정으로 존경을 바치는 그를 향한 마음이 많이 풀어졌다. 그리고 지금에 이르러서는 가장 훌륭한 조언자가 되어 곁에 있으니 신뢰를 보내는 것은 당연했다.

"폐하, 로운 후작이 황도로 들어섰다는 보고입니다."

"로운 후작이? 그래, 그가 무슨 일로 찾아왔소?"

"실은 신도 그것을 파악하지 못해 머릿속이 복잡합니다."

"그렇군, 하긴, 로운 후작은 속내를 파악하기 힘든 인물이었으니."

히드로 2세의 중얼거림에 레디븐 백작은 저도 모르게 고개를 끄덕였다.

그들에게 있어 티엘은 그런 존재였다. 결코 속내를 짐작할 수 없는 신비한 존재. 그는 언제나 평온했지만 한 번의 움직임이 주변에 끼치는 영향은 엄청났다.

"그럼 하고 싶은 말은?"

"예, 로운 후작이 황도에 방문한 이상 폐하께 인사를 드리러 올 것입니다."

"그럴 테지. 아아, 짐이 예전에 로운 후작을 어떻게 대할지 물어본 것 때문에 그렇군."

"예."

히드로 2세는 개인적으로 로운 후작을 마음에 들어 하지 않았다. 그것은 그가 황제에 대한 존경심을 품고 있지 않기 때문이며, 자신 멋대로 행동하는 성향을 지니고 있어서였다. 황실의 위엄을 세우고자 하는 히드로 2세에게 있어 로운 후작의 존재는 껄끄러울 뿐, 도움이 되는 존재는 아니었다.

"그래, 백작의 생각은 어떻소?"

"얼마 전 퍼진 소문을 폐하께서도 접하셨을 것입니다. 로운 후작은 이미 인간의 경지를 벗어난 초인으로 보입니다."

"그 소식이 사실이었단 말이오?"

"진위 여부를 조사한 결과, 사실로 판명이 되었습니다."

"믿기 어렵군, 아직 서른도 되지 않은 로운 후작이 수만의 군을 물리치다니. 혹시 드래곤이 폴리모프를 한 것은 아니오?"

"그런 것은 아닌 것 같습니다."

"그렇다면 더 머리가 복잡해지는 소식이군."

"……."

레디븐 백작은 입을 다물었다. 자신이 히드로 2세라고 해도 로운 후작의 존재가 얼마나 껄끄러울지 말을 하지 않아도 알 수 있었던 것이다.

그는 결코 함부로 대할 수도 없으며, 그렇다고 누군가의 통제에 따르는 것도 아니었다. 이래나 저래나 도움이 되지 않지만 결코 뿌리칠 수 없는 강대한 힘을 지니고 있으니 통제 하에 넣어두지 않으면 어떤 일이 벌어질지 상상만 해도 끔찍했다.

"폐하, 로운 후작을 품에 안으시옵소서."

"백작은 그게 가능할 거라 생각하오?"

"폐하께서 그를 품으려는 모습만 보여주시면 가능하다고 생각되옵니다. 로운 후작은 이미 제국제일검이 되었고, 나아가 전 대륙을 대표하는 실력자가 될 것입니다. 그를 품에 안는 모습만 보이셔도 폐하께서 얻는 유무형의 이익은 클 터이니, 그를 받아들이시는 것을 추천드리겠습니다."

"흠, 백작이 그렇게 말을 하니 끌리긴 하지만, 로운 후작이 고분고분 따라올지 의문인데."

이미 한 왕국에 버금가는 커다란 영지를 보유한 로운 후작이었고, 아름다운 부인들까지 거느리고 있는 이상 아쉬울 것은 없었다. 그 부분은 레디븐 백작도 동감하는 바였지만 해보지 않고서 포기하는 일은 없어야 했다.

"그 부분은 신이 최대한 조율을 해보도록 하겠습니다."

"그렇다면 백작을 믿도록 하지."

황도로 들어선 뒤 저택에서 하루 머문 티엘은 곧바로 황궁
에 출입했다. 그가 입궁하자, 히드로 2세는 곧바로 허가를 내
주면서 짐짓 반가운 표정을 짓고 맞이하였다.

"어서 오라, 로운 후작. 부인이 임신을 했다고 들었다. 축
하의 인사를 건네고 싶군."

"감사합니다."

고개를 살짝 숙이지만 전혀 진심이 느껴지지 않는 행동이
었다.

그 모습을 본 카본 대공이 발끈한 표정을 지었지만 차마 뭐
라 말을 하지 못하고는 눈을 부릅떠 보일 뿐이었다.

"그래, 여기저기서 후작의 소문이 전해지더군. 황도에는
무슨 연유로 찾아왔는가?"

"오늘 찾아온 것은 황도에 방문했기에 인사를 드리기 위함
입니다. 제가 황도를 찾은 것은 카본 대공에게 볼일이 있어서
입니다."

"숙부님에게? 숙부님, 로운 후작과 약속한 바가 있는지?"

"신도 잘 모르겠습니다. 로운 후작, 내가 그대와 언제 대화

할 일이 있었지? 어설픈 수작이라면 그만두라고 말하고 싶군."

"어설픈 수작으로 보였다면 미안하지만 아무래도 어설프지 않은 것 같군. 내가 찾아온 이유는 그대의 딸, 로즈에 관련된 내용이다."

"로즈? 로즈가 왜……."

"그녀에게 내 동향을 보고하라고 지시했더군."

"……."

정곡을 찔린 카본 대공은 꿀 먹은 벙어리가 되었다. 히드로 2세나 레디븐 백작도 눈을 빛내면서 그를 바라보고 있었다. 카본 대공의 딸인 로즈가 헤인조 지방에 있는 것이 이상하게 여겨질 때가 있었는데 그런 의도일 줄은 미처 몰랐다.

"나는 모르는 일이다."

"그녀의 입으로 직접 들은 일이니 피곤하게 발뺌하지 않았으면 좋겠군."

"로즈의 입에서? 네놈! 로즈에게 무슨 짓을 한 것이냐!"

혹시 그녀에게 고문을 가하지 않았을까 싶었던 카본 대공은 두 눈에 불을 켜면서 분노를 일으켰다. 그의 의지와 동화된 기세가 예기를 발산하며 티엘의 전신을 압박해 나갔다.

"강압적인 수단을 쓴 적도 없고, 회유책도 쓰지 않았다. 그러니 그 부분에 대해서는 걱정할 이유가 없다. 단지 이런 상황으로 인해 더 이상 그녀를 헤인조 지방에 둘 수 없다는 걸 말하고 싶었을 뿐이다."

"으음."

상대의 입장을 전혀 고려하지 않은 자신의 의견 일변도였다. 카본 대공은 뭐라 쏘아붙이고 싶었지만 이미 들통 난 상황에서 뭐라 말을 한들 돌이킬 수 있는 것은 아무것도 없었다.

눈살을 찌푸린 그가 매서운 눈으로 티엘을 노려보았지만 바뀌는 것은 없었다.

"알았다, 로즈에게 돌아오라고 소식을 전하지."

"그거면 됐군. 저는 용건을 마쳤으니 이만 돌아가도록 하겠습니다."

승낙을 듣기 무섭게 고개를 숙여 예를 취한 티엘이 돌아가려고 하자, 깜짝 놀란 히드로 2세가 그를 불렀다.

"로운 후작! 정말 그 이유만으로 황도에 온 것인가?"

"중간에 다른 용무가 있었기에 같이 해결하려고 온 것입니다."

"그것이 헤셀 백작령으로 간 것과 연관이 있나?"

"말할 이유는 없는 것으로 알고 있습니다. 그럼……."

몸을 돌린 그가 걸음을 떼려고 할 때, 레디븐 백작이 다급히 그를 불렀다.

"잠시 기다려 주십시오, 로운 후작님."

"남은 용건이 있나?"

"다른 것이 아니라 향후 로운 후작님의 행보에 대해서 알고 싶습니다. 로운 후작님은 혹시 제국을 통일해 황제가 되려는 야망을 가지고 있습니까?"

"……!"

노골적인 말에 히드로 2세를 비롯하여 카본 대공과 하브리스 공작이 깜짝 놀란 표정을 지었다. 뒤이어 카본 대공은 표정을 일그러뜨리며 분노가 실린 목소리로 레디븐 백작을 불렀다.

"그게 무슨 말인가, 레디븐 백작!"

"이것은 굉장히 중요한 질문입니다, 카본 대공님. 로운 후작님은 헤셀 백작가의 삼만 대군을 홀로 물리치면서 제국제일검을 증명하였습니다. 만약 로운 후작님이 그런 마음을 먹으면 이 자리에서 힘으로 막아낼 수 있는 이는 아무도 없습니다. 제 말이 틀립니까?"

"끙!"

제국제일검이라는 단어에 카본 대공은 앓는 소리만 낼 뿐, 다른 반론은 할 수 없었다. 하브리스 공작과 힘을 합쳐도 제압하지 못했던 티엘은 얼마나 더 강한 무위를 지니고 있는지 짐작조차 힘들었다. 하지만 자존심이 상하는 것은 어쩔 수 없었다.

"로운 후작님이 어려운 걸음을 하셨으니 진실한 속내를 알고 싶습니다."

"나는 황제 자리에 관심이 없다."

"그것이 사실입니까?"

"귀찮게 말을 반복할 이유가 없어 보이는군."

말을 끊어버린 티엘이 몸을 돌려 자리를 벗어나려고 하자, 레디븐 백작이 낮게 가라앉은 목소리로 말했다.

"하지만 로운 후작님의 행보는 제국의 지배자가 되려는 것처럼 보입니다."

"…무슨 말이지?"

"헤인조 지방의 맹주였던 로운 후작가는 북으로 영토를 넓히고, 동쪽으로 확장을 거듭하고 있습니다. 북으로 셰어드 요새를 기점에 놓고 동북부 강가를 장악한다는 것은 남부의 물류를 장악하겠다는 뜻 아닙니까?"

"그게 그렇게 생각될 수도 있나?"

"로운 후작님은 아무렇지 않게 생각하고 있지만 지켜보는 사람들은 로운 후작님이 다른 뜻을 가지고 있다고 생각하기 충분합니다."

"부하들이 원하는 바를 따라주었을 뿐이다. 귀찮은 일이 늘어난다는 것은 불행한 일이지. 그 부분을 놓고 물고 늘어짐으로써 내가 확언하게 만들 거라면 실패했다고 말해주지, 레디븐 백작."

날카로운 눈길이 자신을 향하는 순간, 숨이 턱턱 막혀오는 것을 느꼈다.

레디븐 백작이 더 지껄이지 못하도록 만든 티엘은 몸을 돌려 그대로 자리를 벗어났다.

청산유수처럼 말을 이어나가던 레디븐 백작의 침묵에 히드로 2세가 고개를 저었다.

"로운 후작을 품는다는 것은 너무나 어려운 일이로군."

저택으로 돌아온 티엘은 일체 움직임을 보이지 않고 휴식을 취하는 데 집중했다.

전신이 비명을 지르는 걸 느끼며 조용히 눈을 감았다.

"…지치는군."

인간의 한계를 초월했지만 요 한 달 동안 이어진 강행군은 티엘의 정신을 지치게 만들었다. 특히 처음으로 전력의 일부를 개방하면서 느낀 상쾌함과 피로는 전에 느끼지 못했던 기분이었다.

무엇보다 머릿속을 복잡하게 만든 것은 황제가 될 거냐고 묻던 레디븐 백작이었다. 권력의 화신인 그가 그런 말을 하는 것이 우스웠지만 자신의 행보를 보면 그런 불안감을 느끼는 것은 당연한 일이라 생각되었다.

"황제라……."

드넓은 세상의 지배자.

무소불위의 권력을 누리며 손가락 하나로 무수히 많은 생명을 앗아갈 수 있는 권력은 누구나 탐을 낼 만한 것임이 분명했다. 하지만 티엘은 그 권력이 얼마나 부질없는지, 언제 어느 순간 사라질 수 있는 것인지 잘 알고 있었다.

무엇보다 큰 권력에는 큰 책임이 따르는 법. 티엘은 그 책임을 지는 것이 귀찮았다.

"그런 귀찮은 자리를 탐낼 이유가 없지."

그것이 진짜 이유. 그가 얼마나 귀찮은 것을 싫어하는지 모르는 이들로서는 아이주 지방의 침공을, 계속해서 일어나는 충돌에 의구심을 보낼 수밖에 없었다.

며칠 동안 휴식을 취한 뒤 티엘은 클레디오 백작령으로 향했다. 마블론으로 하여금 클레디오 백작을 인도하게 했지만 깨어났다는 소식이 전해지지 않았다.

정신을 되찾지 못한 그를 대신해서 가문을 총괄하는 것은 카르딘 남작이었다. 클레디오 백작이 갑자기 사라지기 전, 함께했던 티엘에 대한 의심이 컸던 카르딘 남작은 적개심 가득한 눈으로 그를 바라보았다.

"클레디오 백작은?"

"…정신을 차리지 못하고 계십니다."

"그렇군."

"대체 주군에게 무슨 짓을 한 것입니까? 만약 위해를 끼친 거라면, 쉽게 돌아갈 생각은 버리시는 게 좋을 것입니다."

카르딘 남작의 섬뜩한 중얼거림이 귓가를 파고들었다. 평생 따르던 주군이 식물인간 신세가 된 만큼 그가 느끼는 상실감은 컸다.

"간단하게 설명하자면 클레디오 백작은 손을 대지 말아야 할 힘을 손에 넣었다가 지금 상황이 되었다."

"그게 무슨!"

"그렇지 않으면 그토록 젊은 나이에 제국 최강이라는 힘을 지닐 수 있었을 것 같나?"

"……."

카르딘 남작도 오래전부터 클레디오 백작의 막강한 무위에 의문을 가지고 있었다. 그런데 그것을 사실이라고 주장하는 티엘의 존재 때문에 입을 다물고 말았다. 대신 그를 사납게 노려보면서 답을 재촉했다.

"갑작스럽게 헤셀 백작령으로 이동하게 된 것도 그와 같은 이유지. 클레디오 백작의 정신 일부가 귀속되었고, 해방되었지만 원래대로 돌아올지 여부에 대해서는 나도 말해줄 수 있는 것이 없다."

"그런 말도 안 되는!"

"클레디오 백작에게 안내하도록. 이곳에 들른 것도 상황을 지켜보기 위함이니."

"…좋습니다."

온갖 방법을 동원했지만 클레디오 백작의 정신은 돌아올 기미가 보이지 않았다. 반쯤 포기하고 있던 카르딘 남작이 믿을 수 있는 것은 티엘뿐이었다.

"전보다 혈색은 좋군."

클레디오 백작은 잠에 든 것처럼 평온한 표정이었다. 그 이면에는 정신의 파편이 유영하고 있지만 그것을 볼 수 있는 이는 아무도 없었다.

"드래곤의 힘을 빌렸어도 초인적인 의지가 있어 가능한 일이라 생각했는데, 그마저도 안 되는 인물이란 건가."

"드래곤의 힘이라니, 무슨 말씀입니까?"

"지금은 지켜보는 게 최선이겠군. 클레디오 백작은 조각난 정신을 하나로 모으고 있는 중이다. 그것을 완성하고 수면 위로 떠오를 때까지 필요한 것은 시간일 테지. 그러니 인내심을 갖고 기다리도록."

"기간은 어느 정도입니까?"

"내일이 될 수도 있고 내년이 될 수도 있다. 유감이지만 그 부분까지 확언을 해줄 수 없군."

"그런 무책임한……."

"내가 해줄 수 있는 것은 여기까지다."

매정한 한마디와 함께 몸을 돌린 티엘은 자리를 벗어났다. 카르딘 남작은 어떻게든 수를 써서 티엘로 하여금 치료를 하게 만들고자 했지만 단호하게 거부한 뒤 영지를 떠났다.

가문으로 돌아가기 위해 셰어드 요새를 경유하던 티엘은 곧장 영지로 돌아갈 수 없었다. 그동안 검을 갈고 닦은 마블론이 깨달음을 선보였던 것이다. 이전과 확연하게 달라진 그의 검은 완숙의 경지에 올라 그 누구도 힘든 검이 되어 있었다.

"아직 부족한 점은 힘의 완급뿐."

"그렇습니까?"

"좀 더 가다듬어야 하지만 쉽지 않겠군. 잠시 머물면서 도와주도록 하지."

"감사합니다, 주군. 하지만 이 검은 실전에서 사용하기에는 너무 위험한 것 같습니다."

"절대적인 죽음은 전황을 뒤집어놓을 수 있지. 적을 말살하기 위한 검이니 기본적인 심성이 변하지만 않으면 될 것이다."

"예."

절대강자가 된 뒤 마블론의 성취는 눈부셨고, 가르칠 맛이 났다. 하루가 지날 때마다 강맹해지는 검을 보면서 티엘은 과연 어느 정도의 경지에 오를 수 있을지 궁금했다.

셰어드 요새에 머물면서 티엘은 카르딘 남작의 강력한 요청에 몇 차례 클레디오 백작령을 다녀가야 했다.

처음 때보다 확연히 나아진 클레디오 백작의 치유는 빠른 속도로 이루어지고 있었다.

정신이 붕괴되었던 클레디오 백작의 정신 결합 과정은 티엘에게 있어서도 흥미로운 과정이었다. 종종 들러 상황을 지켜보던 티엘은 더 이상 부유하는 파편이 없는 것을 확인하고 카르딘 남작에게 충고했다.

"정신의 파편이 결합되었다. 이제 남은 것은 수면 위로 떠오르는 것뿐. 그러니 충격을 주지 말고 조용히 지켜보도록 해라."

"그래도……."

"내가 해줄 수 있는 것은 여기까지다."

매몰차게 부탁을 거절한 티엘은 더 이상 클레디오 백작령에 들르지 않았다. 셰어드 요새에서 며칠 머물다가 다시 영지로 돌아가 버리자, 카르딘 남작은 허탈함을 감추지 못했다.

그로부터 보름여가 더 지나고, 언제나처럼 죽은 듯이 잠들어 있던 클레디오 백작에게서 변화가 일어났다.

몸을 가늘게 떨기 시작하더니, 이내 그를 중심으로 기운이 휘몰아치기 시작했다. 감히 감당하기 힘든 힘의 폭풍에 저택 내 사람들이 대피하는 소동이 벌어졌다.

카르딘 남작은 감격한 표정으로 클레디오 백작의 방으로 향했다. 늘 죽은 듯 누워 있던 그는 자리에 서서 건재함을 과시하고 있었다.

"주군!"

"…내가 너무 오랫동안 잠들었군."

"정말 주군이십니까."

"오랫동안 곁을 지켜줘서 고맙다, 카르딘 남작."

"다행입니다, 정말 다행입니다."

영원히 깨어날 수 없을지도 모른다고 생각했던 클레디오 백작의 부활에 카르딘 남작은 뜨거운 눈물을 흘렸다. 그것을 본 클레디오 백작이 다가와 어깨를 두드려 주었다.

"기쁜 날에 눈물은 어울리지 않는다. 본의 아니게 큰 걱정을 끼쳤군. 하멜 남작은?"

"주군이 쓰러져 있는 모습을 볼 수 없다며 전선에서 대기 중입니다."

"불러들이도록. 이렇게 깨어났으니 그동안 걱정해 준 이들을 한 사람씩 만나볼 생각이다."

"예."

쓰러지고 일어난 뒤 클레디오 백작은 전보다 더 부드럽게 바뀌어 있었다. 이전이라면 자신의 수련 이외에 별다른 신경을 쓰지 않던 그가 자신을 걱정해 준 이들을 생각하고 있었다.

순간 낯설음이 느껴졌지만 클레디오 백작이 좋게 바뀌었다는 생각에 카르딘 남작은 홀가분한 미소를 지었다.

방 안에 홀로 남은 클레디오 백작은 가볍게 몸을 풀었다. 오랫동안 움직이지 않았던 몸은 곳곳에서 비명을 지르며 괴롭게 만들었다.

그럼에도 그의 입가에는 오히려 즐거운 웃음이 걸렸다.

"오랜만이라 무리가 가는군. 하지만 이 고통도 즐겁군. 영원히 정신을 되찾지 못할 거라 생각했건만."

몸 내부에 정순한 마나가 꿈틀거리는 것이 느껴졌다. 다시 수련을 재개하여 완벽한 몸 상태를 만든 뒤, 본격적으로 움직일 생각이었다.

"앞으로 순순히 당하는 일은 없을 것이다."

클레디오 백작의 두 눈이 검게 물들었다가 본래대로 돌아왔다.

제9장
블랙 로즈

가문으로 돌아온 티엘은 언제 떠났냐는 듯, 자연스럽게 일상에 적응했다.

본인 스스로는 큰 변화를 느끼지 못했지만 주변인들이 느끼는 것과 차이가 발생할 수밖에 없었다.

티엘이 가문으로 돌아왔다는 소식을 듣기 무섭게, 군사부 책사들이 찾아왔다.

"정말 대단하신 무위입니다."

잔뜩 격앙된 토릭슨의 말에 티엘은 눈살을 찌푸렸다.

"그 말을 하러 찾아왔나."

"아, 아닙니다. 죄송합니다, 주군. 너무 기쁜 사실인 나머지 사실을 잘라 먹었습니다. 주군께서 보여주신 활약 덕분에 헤셸 백작군은 이렇다 할 힘을 쓰지 못하고 있습니다. 며칠 전, 그윈 경에게서 카미엘 자작을 죽이고 헤셸 백작군을 전멸시켰다는 소식을 전해 들었습니다. 이제 남은 것은 아이주 지방 장악뿐입니다."

"나쁘지 않은 성과로군."

"시간이 더 걸릴 거라 생각했는데 주군께서 나서주신 덕분입니다. 작전에 도움을 주셔서 감사합니다."

"그렇게 하도록 하고, 내가 없는 동안 가문에 별일은 없었나?"

클리멘트 남작과 제이론은 고개를 끄덕였다.

"예, 주군. 아무 일 없이 평화로웠습니다."

"주군의 무용에 주변의 수많은 가문이 우러러 보고 있습니다."

"우러러 본다라."

티엘은 저도 모르게 쓴웃음을 지었다. 레디븐 백작이 황제가 될 거냐고 말을 하던 순간이 머릿속에 떠올랐던 것이다. 느릿하게 고개를 끄덕인 그가 세 책사를 바라보며 말문을 열었다.

"그것을 가지고 다른 말을 할 이유는 없을 것 같군. 이번 황도 방문에서 나는 레디븐 백작에게 황제가 될 것이냐는 질문을 받았다. 이에 대해 그대들은 어떻게 생각하지?'

"……."

전혀 예상치 못한 질문에 그들은 꿀 먹은 벙어리가 되고 말았다. 설마하니 티엘이 이에 대해 정면으로 질문을 던질 줄은 미처 몰랐던 것이다.

잠시 눈빛을 교환하다가 앞으로 나선 것은 클리멘트 남작이었다. 티엘의 속내를 알아내야 하는 이런 질문의 답을 구하기 위해서는 그가 가장 적합했다.

"예전부터 주군께 여쭤보고 싶은 것이 있었습니다. 주군께서는 황제가 되실 생각이 전혀 없으신 겁니까?"

"무슨 의미인지부터 알고 싶군."

"가문을 일구고, 훌륭히 이끌어 오신 주군입니다. 가문은 번영하고 있고, 그 세력은 제국에서 손에 꼽힐 만큼 커져 있습니다. 이 정도 성장을 이루면 대부분의 영주들은 욕심을 가지게 마련입니다."

"패권이란 말이군."

"…예."

"그 부분에 대한 내 생각은 예전과 변함이 없다."

"그렇습니까……."

대답하는 클리멘트 남작은 물론, 토릭슨과 제이론의 얼굴에도 실망감이 서렸다. 헤인조 지방과 아이주 지방을 차지하며 세력을 떨치고 있지만 가문의 주인이 더 이상 확장 의지를 지니고 있지 않다면 계략을 세움에 있어 차질을 빚을 수밖에 없었다.

"하지만 이번에 변화가 생겼다."

"변화라면?"

"황도에 갔던 이유는 지극히 시시한 이유 때문이다. 그래서 다른 이들에게 알리지 않고 혼자서 간 것이다. 그러다 사건이 발생해서 헤셀 백작과 충돌을 빚었지만."

"……."

그 부분에 대해 아는 바가 전혀 없었기에 침묵을 지킬 뿐이었다.

"황도에서 느낀 것은 아직도 날 귀찮게 하는 이들이 많다는 점이다. 두 지방을 지배하고 있고, 헤셀 백작군을 무너뜨린 내게 아직도 도전할 만하다고 여긴 것이겠지."

다소 과장된 것일 수 있지만 레디븐 백작의 물음은 불쾌했고, 기어이 휘하에 거두려는 히드로 2세의 행동도 헛된 발악처럼 느껴졌다.

그 모든 것이 마음에 들지 않았기에 마음을 달리할 수밖에 없었다.

이 정도도 부족하다면 더 큰 힘을 쥐고, 더 큰 권력을 누리며 입을 다물게 만들어주겠다는 것. 그것이 티엘의 생각이었다.

"진정으로 귀찮음을 탈피하기 원했지만 세상에는 내 의도가 순수하게 알려지기 힘들다는 것을 알게 되었다. 그래서 나는 더 큰 힘을 쥐고 더 큰 세력을 손에 넣을 것이다."

"주군!"

이전과 다른 티엘의 모습에 세 군사는 몸을 가늘게 떨었다. 이런 그의 결심은 보다 폭 넓은 전략을 운용할 수 있으며 더 큰 꿈을 꿀 수 있게 만들어준다.

"나는 단지 마음을 달리 먹었을 뿐, 그것을 실행으로 옮기는 것은 너희의 몫이다. 이제부터 군 작전의 전권을 부여할 테니 가문의 힘을 확장시키기 위한 계책을 세우도록. 할 수 있나?"

"주군께서 그 명령을 내려주시길 그동안 간절히 원하고 있었습니다."

"가문의 성장을 위한 최선의 수가 적의 멸망이라면 헤셀 백작의 멸망도 좋다."

그것은 토릭슨의 꿈이었고, 세력 확장을 원하는 티엘의 바람과 맞아떨어졌다.

고개를 끄덕인 그가 힘차게 외쳤다.

"최선을 다하겠습니다."

"기대하지."

대화를 마친 티엘은 크레티아가 있는 방으로 향했다. 오랜만에 본 그녀의 몸은 이전과 확연하게 다른 모습을 보이고 있었다. 크게 부푼 배와 전보다 통통해진 몸은 임산부라는 것을 깨닫게 했다.

"어서 오세요."

"배가 많이 부풀었군."

"잘 먹다 보니 살이 많이 쪘어요. 보기 흉하죠?"

"전혀. 출산 후 관리를 잘하면 되니 걱정하지 않아도 된다. 출산 예정은 언제라고 하지?"

"보름밖에 남지 않았다고 해요."

"보름이라, 몸 관리를 각별히 해야겠군."

"열심히 하고 있으니 나쁜 일은 벌어지지 않을 거예요. 로웰린 언니와 카롤리나가 신경 써서 보살펴 주는 걸요. 어머님도 그렇고요."

손이 귀한 가문이다 보니 마리아가 신경 쓰는 정도는 상당했다.

"걱정해 주셔서 감사해요."

다른 것도 다 좋았지만 오랜만에 돌아온 티엘이 가장 먼저 자신을 찾아와서 걱정해 준다는 사실이 그녀는 마냥 좋았다.

"아기를 낳는 것도 좋지만 가장 중요한 게 산모이니 너무 무리하지 말도록."

"네."

"이만 가볼 테니 편히 쉬어라. 필요한 게 있으면 얼마든지 부르고."

각별한 주의를 요하는 임산부이기에 오랜 시간 머물지 않고 자리에서 일어났다. 함께 더 있고 싶었지만 그것이 자신의 욕심이란 걸 알고 있었기에 크레티아는 차분한 미소를 지어 보였다.

"쉬세요."

"사람이 달라졌군."

방밖으로 나온 티엘은 크레티아가 전과 달라졌다는 걸 느꼈다.

발랄하던 그녀는 임신한 뒤, 차분해지고 생각이 깊어진 것처럼 느껴졌다.

한 생명을 품고 있는 것이 많은 생각을 하게 만들고 현명하게 만들어준 것 같았다.

"나는 변했던가?"

그것은 자연히 스스로에 대한 반문으로 이어졌지만 이내 고개를 젓게 만들었다.

자신은 미래에서 과거로 돌아온 지금까지 바뀐 것이 없었다.

여전히 검에 미쳐 있었으며, 가문의 성장을 개인의 욕심보다 가족을 위한 수단으로 보고 있었다. 이런 한결같음이 긍정적인지 부정적인지 판단하고 싶었지만 여태까지 살아온 길을 거부한다는 것은 부담이 되는 일이다.

예전이라면 일고의 가치도 없는 문제였다.

검을 사랑하고 검에 미쳐 있으면 지금과 같은 생활은 당연하게 이어지는 것이다.

하지만 그녀가 아이를 낳으면 자신은 아버지가 된다. 그 사실이 낯설게 느껴졌다.

"세상에 쉬운 일은 없다더니."

근래 머릿속을 어지럽히는 복잡한 일들이 티엘로 하여금 한숨을 내쉬게 만들었다.

다음 날, 티엘은 아침 식사 자리에서 카롤리나를 불렀다. 밝은 표정을 한 그녀는 우아한 자태로 인사를 건넸다.

"부르셨어요?"

"황도에 다녀온 걸 말해주려고 불렀다."

"아……."

티엘의 말속에 담긴 의미를 알아차린 그녀의 표정이 심각하게 바뀌었다. 잠시 머뭇거리다가 마음을 굳힌 듯 조심스럽게 말을 건넸다.

"그 이야기는 로웰린 언니도 불러서 같이 해주시면 안 될까요?"

"로웰린은 왜?"

"차마 숨길 수 없는 사안인 것 같아 언니에게도 말씀드렸거든요."

"흠, 상관없겠지. 그럼 로웰린도 불러오도록."

잠시 후, 로웰린도 식사 자리에 함께하게 되었다. 먼저 반갑게 인사를 나눈 뒤, 식사를 하면서 근황에 대해 이야기를 주고받았다. 그리고 차 한 잔을 마시면서 본격적인 이야기로 들어갔다.

"카롤리나는 내게 로즈 공녀의 일에 대해 이야기를 했다. 그리고 귀찮은 일을 감수하기 싫어 그녀를 돌려보내고자 했지. 그래서 황도로 찾아가 카본 대공에게 이곳에 있었던 일들 그대로 설명했다."

"아……."

거침없는 사람이라는 걸 알았지만 설마하니 있는 그대로 전할 줄 몰랐다. 카롤리나의 놀란 표정에 티엘이 물었다.

"뭐 실수라도 있나?"

"아니, 아니에요. 저는 후작님이 대공 전하에게 있는 그대로 전할 줄 몰랐어요."

"그것이 서로 오해를 최소화 할 수 있다고 생각했지. 어쨌든, 있는 내용 그대로 전달했고 카본 대공은 내 이야기를 수용했다. 로즈 공녀에게 날 염탐하라고 했던 내용을 인정한 것이지. 그리고 로즈 공녀를 황도로 불러들이겠다고 약속했다."

"그렇군요."

"이야기는 그렇게 되었다. 카롤리나 넌 로즈 공녀가 이곳에 오래 머무는 것이 좋은 형태로 여기지 않았지. 그 부분에 대해서 다른 할 말은 있나?"

"에, 그게 그러니까."

카롤리나는 머뭇거리면서 조심스럽게 로웰린의 눈치를 살폈다.

"뭐지?"

"후작님은 로즈 공녀에 대해 어떻게 생각하세요?"

"특별한 생각 자체가 없다. 그런데 그 사실을 왜 물어보는 거지?"

"으음."

"저는 로즈가 후작님의 부인이 되는 걸 원하고 있어요."

"로즈 공녀를?"

이 부분은 예상하지 못한 부분이었기에 티엘은 의아한 표정을 지었다.

"네, 로즈는 제국사대미녀로 칭해질 만큼 미모도 아름답지만 성격도 좋거든요. 저는 이 기회에 후작님이 제국사대미녀에 속한 여자들을 모두 부인으로 맞이하고, 정치적으로도 좀 더 완벽하게 명분을 쥐었으면 좋겠다고 생각했어요."

"정치적으로 뭐가 명분을 쥔다는 것인지 모르겠군."

"로즈는 카본 대공 전하의 딸이고, 황제 폐하의 사촌이기도 해요. 그녀를 부인으로 맞이하면 후작님을 정치적으로 위협할 수 있는 것은 없다고 생각해요."

"정치적인 명분으로도, 더 이상 부인을 받아들일 생각도 없다."

세 명의 부인을 맞이했지만 그녀들을 진심으로 사랑하느냐는 질문에 대해서 티엘은 고민을 해야 했다.

과연 그녀들이 지금 행복한지, 자신이 하는 행동이 무엇을 의미하는지 확실하게 파악하지 못한 상황에서 더 이상 여자를 받아들인다는 것은 부담으로 작용했다.

"그런가요……."

"후작님의 뜻이 그러시니 저희는 오히려 감사를 드리고 싶은 걸요."

"그럴 생각은 없으니 괜한 말은 하지 않았으면 좋겠다."

"네."

절친한 친구가 거절당했다는 사실에 어떻게 반응해야 할지 카롤리나의 표정은 기괴해졌다.

"황도로 돌아가는 부분은 조만간 전달하도록 하고, 차나 마시도록 하지."

더 이상 그런 내용은 용납하지 않겠다는 말에 그녀들은 다른 곳으로 화제를 옮긴 뒤 즐거운 티타임을 가졌다.

티엘은 깊은 고민할 것 없이 티타임 뒤, 로즈를 불러들였다.

그녀는 마치 대기하기라도 한 것처럼 부른 즉시, 그를 찾아왔다.

"후작님을 뵈어요."

"그렇군. 차나 한잔하려고 불렀는데 시간이 괜찮은가?"

"네, 물론이고말고요."

로즈는 티엘의 얼굴을 빤히 바라보면서 찻잔을 만지작거렸다. 따뜻한 온기가 전해지면서 그녀의 입가에 절로 미소가 걸렸다.

"황도에 다녀온 이유가 공녀와 관련이 되어 있어서 그렇게 부르게 되었다."

"황도에 다녀오셨나요?"

"외부적으로 공표하지 않았으니 몰랐겠군."

"네, 저는 후작님이 헤셀 백작가를 쓸어버리셨다는 소문을 듣고 얼마나 놀라고 있었는데요. 어떻게 그런 무위를 발휘할 수 있는지, 정말 대단해요."

"그거야 수련을 하다 보면 다다를 수 있는 경지고, 로즈 공녀를 이곳으로 부른 것은 황도에서 카본 대공과 한 이야기를 전달하기 위함이다."

"에?"

카본 대공의 언급에 로즈는 불안함이 엄습하는 것을 느꼈다. 그리고 그 불안감은 티엘의 입에서 현실로 드러나고 말았다.

"카본 대공은 로즈 공녀에게 황도로 돌아오라는 말을 전했다. 이 소식은 조만간 카본 대공이 전해올 테니, 슬슬 떠날 준비를 하면 될 것이다."

"어, 어째서……."

"내 곁에서 염탐한다는 것은 정치적으로 큰일을 일으킬 수 있지. 그 부분에 대해서 솔직하게 밝힌 것은 그다지 좋은 선택이라고 볼 수 없군."

"그것 때문에 제가 떠나야 한다는 건가요?"

"그런 것도 있지만, 오늘 카롤리나가 식사 자리에서 나한테 로즈 공녀를 받아들일 생각이 없냐고 묻더군."

"카, 카롤리나가요?"

부정적인 반응을 보이던 그녀가 그런 말을 해줬다는 것에 로즈는 감격한 표정을 지었다. 하지만 그 표정이 무너지는 데는 오래 걸리지 않았다.

"하지만 나는 거절했다."

"……."

"그러니 황도로 돌아갈 준비를 해줬으면 좋겠다."

"왜죠? 왜 저는 안 되는 거죠?"

"내가 더 이상 여자를 받아들일 생각이 없기 때문이다."

"그런, 다른 여인들은 되면서 왜 저는 안 되는 건가요. 저도 살림을 잘할 자신이 있고, 튼튼한 아기를 낳을 수도 있어요. 왜 전 안 되나요?"

"그 이야기는 듣지 못한 것으로 하지. 로즈 공녀는 아직 세상을 더 경험해야 한다."

여태껏 가문에 틀어박혀 있다가 직접 경험한 것은 황도에 있다가 로운 후작가에서 머문 것이 전부였다.

카본 대공을 제외하고 가장 많은 대화를 나눈 것이 티엘이었으니 그녀의 경험은 너무나 일천했다.

"경험하지 않아도 알 것은 다 알아요. 말씀해 주세요, 왜 저는 안 되는 건가요?"

"내 마음에 들지 않기 때문이다."

"어찌 그런……."

"그러니 돌아가도록."

"제가 고치겠다고 해도 안 되나요?"

"고치더라도 내 부인들보다 더 나은 매력을 가질 수 있겠
나?"

"그, 그건."

티엘의 부인들은 제국사대미녀의 자리를 차지했던 여인들
이다. 미모도 아름답거니와 저마다 개성적인 성격으로 티엘
을 배려해 주는 면모가 아름답다.

그에 반해 자신은 외부에 모습을 드러내는 것을 꺼릴 뿐만
아니라 외모를 꾸미는 것에서도 소홀했다.

카롤리나와 절친했기에 잘 알고 있다. 그녀가 미모와 몸매
관리에 얼마나 큰 힘을 쏟았는지. 그에 반해 자신은 아무런
노력도 기울이지 않았다.

하나하나를 짚어보니 자신이 그녀들을 앞설 수 있는 것이
아무것도 없었다.

로즈가 고개를 푹 숙였다.

"그러니 돌아갈 준비를 하도록."

티엘은 더 말하지 않고 자리에서 일어나 방을 벗어났다.

쾅.

야속하게 문이 닫히고, 혼자 남은 로즈는 고개를 푹 숙였다.
가늘게 떨리는 어깨 사이로 맑은 눈물이 뚝뚝 흘러내렸다.

"흑! 흑흑!"

이룰 수 없는 사랑을 자각한 그녀는 서럽게 울고 또 울었다.

사흘 뒤, 로즈는 로운 후작가를 떠났다. 카롤리나는 걱정스러운 표정으로 몇 번이고 그녀를 만나려고 했지만 끝내 뜻을 이룰 수 없었다.

그사이, 가문은 일촉즉발의 긴장감에 휩싸여 갔다.

며칠 후면 크레티아의 출산 예정일이 다가오는 것이다.

손이 귀한 가문이기에 부정이라도 탈까 봐 마리아는 솔선수범하여 아이를 낳을 수 있는 최선의 환경을 만들고자 하였다.

어떤 일에도 미동도 보이지 않던 티엘도 그에 협조하는 것은 마찬가지였다. 자신의 피를 이은 아이가 태어난다는 사실은 이미 인간의 한계를 던져 버린 그에게 참을 수 없는 떨림을 선사했다.

"진통이 시작되었습니다."

소식을 전해 듣기 무섭게 자리에서 일어났던 티엘은 주변을 왔다 갔다 하면서 기다리기 시작했다. 하지만 초조한 감정은 사라지지 않고 독버섯처럼 가슴속에 퍼져 나갔다.

"좋지 않군."

이렇게 감정이 다스려지지 않았던 적이 있었던가 싶을 정도로 떨림은 컸다.

떨림은 결코 기분 나쁘지 않았지만 몇 시간 동안 그러고 싶지 않았던 티엘은 검을 들고 연무장으로 향했다. 그리고 잡념을 없애기 위해 검을 휘둘렀다.

부웅! 부웅!

허공을 가르는 검은 하나하나에 의지가 실린 예전의 것과 사뭇 달랐다. 육체에서 발휘되는 강력한 힘이 담겨 있었고, 투박했으며 무뎠다.

육체의 고통으로 정신적인 번민을 잊으려는 티엘은 쉬지 않고 계속해서 검을 휘둘렀다. 온몸이 땀에 젖어들 무렵, 어느새 잡념을 잊은 그는 계속해서 검을 휘둘렀다.

우웅! 우우웅!

자연스럽게 마나가 실리면서 푸른 오러가 발산되었다. 일련의 과정은 점점 힘을 더해 나가며 이내 오러 블레이드가 되었고, 오러 서클을 생성했다. 그리고 손을 떠나 오러 파이어를 일으켰으며, 나중에 이르러서는 공간을 지배하는 마인드 소드가 되었다.

"후욱! 후우!"

단숨에 모든 비기를 펼쳐낸 티엘은 거칠게 숨을 몰아쉬었다. 육체적인 단련을 게을리 한 적은 없지만 이렇게 지칠 정도로 몰아붙였던 적은 없었다.

"어느 정도 괜찮아졌군."

머릿속을 지배하던 고민은 흔적도 없이 사라져 있었다. 다소 홀가분해진 티엘은 연무장을 벗어나 집무실로 돌아오니 하인이 헐레벌떡 들어와서 외쳤다.

"후작님, 후작님!"

"뭐지?"

"부인께서 건강한 아들을 낳으셨습니다."

"아이를 낳았다고?"

"네! 건강한 아이입니다."

"……."

하인의 외침에 티엘은 마치 둔기에 얻어맞기라도 한 것처럼 아무 말도 할 수 없었다.

격렬한 감정의 파도가 내부에서 연이어 휘몰아쳤다. 잠시 눈을 감고 끓어오르는 감정을 다스리던 티엘은 눈을 뜬 뒤 하인에게 말했다.

"안내하도록."

"네, 네!"

하인을 앞세우고 아이가 있는 곳으로 향하니, 이미 수많은 사람이 모여 있었다.

마리아가 티엘을 발견하곤 그를 향해 손짓을 했다.

"크레티아는 괜찮습니까?"

"여신관이 보살펴 주고 있으니 걱정할 필요 없단다. 산모와 아이 모두 건강해."

"다행입니다."

"신관이 축복을 내려주고 있으니 멀리서만 지켜보렴."

"아⋯⋯."

아이를 향해 시선을 옮긴 티엘은 나지막하게 탄성을 흘렸다.

쭈글쭈글한 피부에 꼼지락거리는 모습은 객관적으로 귀엽다고 할 수 없었지만 알 수 없는 것이 가슴속으로 파고들어 사정없이 헤집어놓았다.

"이제 너도 아빠란다. 한 아이의 아빠."

"내가 아빠⋯⋯."

"그렇게 무심해 보이더니 너도 아이를 낳으니 그이와 똑같아지는구나. 대를 이을 아이니 사랑으로 보살펴 주렴."

"예."

건성으로 대답했지만 하염없이 아이를 바라보고 있는 티엘의 모습에 마리아는 싱긋 미소를 지어 보였다.

"흑! 흑흑!"

로운 후작가가 축제 분위기에 휩싸여 있을 무렵, 도망치듯 가문을 벗어나야 했던 로즈가 탄 마차는 한없는 슬픔이 자리하고 있었다.

울지 말아야겠다고 다짐을 하면서도 자꾸 흘러내리는 눈

물은 어쩔 수 없었다.

좋아하는 남자에게 거절당한 실연의 상처는 그녀로 하여금 마음을 다잡지 못하게 만들었다.

"나는 왜 안 되는 건데."

카롤리나도 미인이었지만 자신도 못난 미모는 아니었다. 오히려 제국사대미녀 타이틀을 얻을 정도로 빼어났기에 자부심마저 있었다. 하지만 그 미모도 그를 붙잡을 수 있는 요건은 되지 못했다.

[그를 갖고 싶나요?]

"응, 갖고 싶어. 그의 여자가 되고 싶어. 왜 다른 여자는 되는데 나는 안 되는 건데."

가장 친한 친구인 카롤리나가 행복한 미소를 짓고 있을 때면 자신도 그렇게 될 수 있지 않을까 하는 상상에 잠기고는 했다.

하지만 그것은 모두 헛된 생각에 불과했다. 티엘의 마음에 자신이 들어갈 공간이 없었다.

[정말 그럴까요? 남자는 누구나 더 많은 여인을 원한답니다. 마음에 들어올 수 없다는 것은 단순한 핑계에 지나지 않아요.]

"아니야. 후작님은 내가 마음에 들지 않는다고 했어."

[그건 당신이 스스로의 매력을 제대로 활용할 줄 몰라서랍

니다. 아름다운 미모를 제대로 활용했다면 그가 거절했을까요? 남자는 생각보다 단순한 생물이랍니다.]

"그는 그렇지 않아. 그렇지 않다고."

발악하듯 소리를 지르던 로즈는 흠칫했다. 마차 안에는 자신 혼자밖에 없었다.

그런데 방금 전부터 뇌리에 울려 퍼지는 목소리의 주인은 누구란 말인가?

[후훗! 정말 그럴까요?]

"너, 넌 누구야!"

[저는 당신의 바람을 이루어줄 수 있는 존재라고 해야 할까요? 로즈 양, 저는 당신을 오래전부터 지켜봐 왔답니다. 그리고 이루지 못한 사랑에 괴로워하는 당신을 보면서 저도 같이 괴로워했지요. 그 남자, 정말 사랑했지요?]

"아아……."

가슴 한구석이 시큰거리는 느낌에 로즈는 자리에서 허물어졌다.

뇌리에 울려 퍼지는 목소리의 주인공이 누구인지는 중요하지 않았다. 지금 느껴지는 이 감정이, 이 괴로움이 그녀로 하여금 눈물짓게 만들었다.

[괴로워요. 사랑을 이루지 못한 여인은 괴로워하고 슬퍼해요. 저도 그 감정을 잘 알고 있답니다. 로즈 양, 사랑을 얻고

싶지 않나요? 그의 품에 안겨 사랑을 속삭이고, 그의 숨결을 느끼고 싶지 않나요?]

"그러고 싶어."

[절 받아들이세요. 저는 실연을 당하고, 사랑을 갈구하는 모든 여인의 편. 절 받아들여 세상에서 가장 아름다운 여인이 되세요. 로즈 양이라면 가능해요. 이 세상 남자들의 우러름을 받고 원하는 사랑을 쟁취하세요.]

"나, 난……."

로즈는 망설였다.

이 목소리의 주인공이 누구인지 알지 못한다. 하지만 달콤한 목소리는 정신을 거세게 뒤흔들었으며, 정말 원하는 사랑을 얻을 수 있을 것 같은 착각이 들었다.

[지금 결정하지 않는다면 그 고통은 오랫동안 겪을 거랍니다? 당신을 버린 그가 행복해하는 모습을 보고만 싶나요? 당신도 사랑받을 자격이 있답니다.]

"나도… 행복하고 싶어."

[자, 그러니 절 받아들이세요. 고통스럽지 않을 거예요. 자, 자!]

거듭 이어지는 제안에 로즈는 눈을 감았다.

그리고 목소리의 주인공을 받아들인다는 생각을 하는 순간, 섬광이 터져 나오면서 전신에 강렬한 힘이 깃들기 시작했다.

"아아아."

[이제 당신은 세상에서 가장 아름다운 여인이 될 거예요.
제가 장담할게요.]

"나는……."

살며시 눈을 뜬 로즈가 입가에 미소를 지었다.

그러자 숨 막힐 정도로 강렬한 염기가 발산되었다. 그것을
본 남자라면 이성이 마비되고 본능에 사로잡힐 정도로 지독
한 아름다움이었다.

[후후훗.]

로즈의 팔에 걸린 검은 팔찌가 요사로운 빛을 뿌리고 있었
다.

『레드 크로니클』9권에 계속…

이제부터 전자책은

이젠북

www.ezenbook.co.kr

새로운 세계가 열린다!

한백림 『천잠비룡포』　　천중화 『그레이트 원』
좌백 『천마군림』　　　　송진용 『몽검마도』
현대백수 『간웅』　　　　김석진 『더블』
김정률 『아나크레온』　　백연 『생사결−영정호우』
임준후 『켈베로스』　　　예가음 『신병이기』
진산 『화분, 용의 나라』　남운 『개방학사』

이름만 들어도 황홀할 정도의 별들의 향연!

이들의 "유료연재"가 시작됩니다!

검색창에 **이젠북** 을 쳐보세요! ▼ 🔍

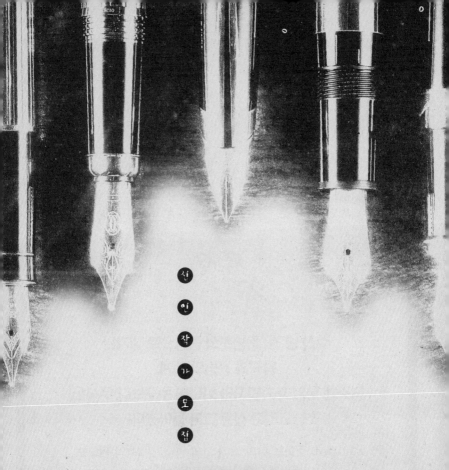

용병귀환

유왕 판타지 장편 소설

**수십 년 전, 용병왕의 등장으로 생겨난
왕국과 용병의 세계.
평소엔 한없이 가볍지만 화나면 누구보다 무서운,
놀고먹고 싶은 그가 돌아왔다!**

하지만 바람과는 달리 과거 그의 앙숙과 대륙의 판도는
도저히 그를 놓아주질 않는데……

"용병은 그냥, 돈 받고 칼을 빌려주는 놈들이니까."

그의 용병 철학은 단순했다.

"물론, 누구에게 빌려주느냐가 문제겠지?"

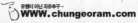

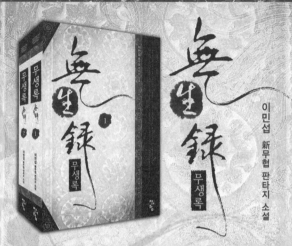

용병귀환

유왕 판타지 장편 소설

수십 년 전, 용병왕의 등장으로 생겨난
왕국과 용병의 세계.
평소엔 한없이 가볍지만 화나면 누구보다 무서운,
놀고먹고 싶은 그가 돌아왔다!

하지만 바람과는 달리 과거 그의 앙숙과 대륙의 판도는
도저히 그를 놓아주질 않는데……

"용병은 그냥, 돈 받고 칼을 빌려주는 놈들이니까."

그의 용병 철학은 단순했다.

"물론, 누구에게 빌려주느냐가 문제겠지?"

Book Publishing CHUNGEORAM

유행이 아닌 자유추구
WWW.chungeoram.com

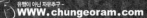